僕の生きる道

橋部敦子

角川文庫 13188

目次

脚本／橋部敦子
ノベライズ／小泉すみれ

1

教会の重い扉を開けると、聖歌隊の合唱が聞こえてきた。

礼拝堂の天窓から、うっすらとした陽光が射し込んでいる。

秀雄《ひでお》は礼拝堂の入り口に立って、まぶしそうに聖歌隊の様子をながめていた。

パイプオルガンのおごそかな音色が、高い天井にこだまするように響いている。

秀雄はその音色に魅入られたように、突然、声を張り上げて同じフレーズを歌い始めた。

張りのあるきれいなボーイソプラノだ。

聖歌隊の指揮をとっていた神父は秀雄に向かって微笑み、列に加わるよう目で合図した。

その瞬間、秀雄は顔を輝かせ、はにかみながら合唱の列に加わった。

オルガンの音と聖歌隊の合唱と秀雄の歌声は吸い込まれるようにひとつになっていった。

それは、秀雄の子ども時代の思い出だった。

中村秀雄は十二歳だった。

十六年後。

中村秀雄は糊《のり》のきいた白衣を着て、生物の授業をしていた。黒板には几帳面《きちょうめん》な角張った文字でウニの受精卵の模式図が描かれている。きちんとしたたたずまいで授業を進めているが、声に抑揚はない。

「卵《らん》の中に進入した精子は、尾部を切り離して百八十度回転し、精子の中心体が星状体へと変化します――」

私立陽輪《ようりん》学園2年G組。秀雄が担任をしているクラスだが、生徒たちはまるで話を聴いていない。受験科目にない生物の授業など迷惑だと言わんばかりに、堂々と他の教科のテキストを広げて勉強している。

「先生。気分がよくないので、保健室で休んできてもいいですか？」

ひとりの男子生徒が手を挙げた。

「大丈夫ですか？　ゆっくり休んできて下さい」

秀雄が心配そうな顔で言うと、男子生徒はニヤリと笑って席を立った。数学の問題集を手に持っている。秀雄はそれに気づいているのだが、あえて注意する気はない。

「ちょっと待ちなさいよ。気分悪いんでしょ？　どうしてそんなもん持って行くの？」

ひとりの女生徒が不公平だと言わんばかりに抗議した。

「悪い？　だったらおまえも、保健室行けば？」

男子生徒が開き直ると、教室はざわざわと不平の声でいっぱいになった。

「……はい、わかりました。もう、自習にしますから」

秀雄は何とかその場をおさめようと、仕方なく言った。

生徒たちは英語や数学の勉強の続きをやり始めた。ただひとり、杉田めぐみという女生徒だけが真面目にノートに書き写していた。

「……ま、模試も近いことですしね」

秀雄は自分の行動を正当化するかのように、誰に言うでもなくつぶやいた。

終了のチャイムが鳴り、秀雄は受精卵の模型を抱えて教室を出た。思わずため息が出てしまう。教師になって五年目。秀雄が勤務している陽輪学園は日本でも有数の進学校だ。が、秀雄は教師としての目標もなく、お決まりの課程だけを無難にこなしていた。

「中村先生――」

背後から、同僚の秋本みどりの声がした。秀雄はドキドキしながら振り返った。

「田中くんが万引きしたそうです」

みどりは現国の教科書を胸に抱え、大きな瞳《ひとみ》で秀雄を見つめている。

「……万引き？　ほんとにウチのクラスの田中くんがですか？　熱出して、家で寝てるはずなのに……」

秀雄はぶつぶつと小声で言った。

「すぐに万引きした店に迎えに行って下さい、って」

「わかりました」

秀雄は行きかけてから、急に上司の顔色が気になった。

「……あ、あの、教頭先生、どんな様子でした？」

「まったく！　ウチの生徒が万引きするなんて、前代未聞のスキャンダルだ」

職員室では古田教頭が、小柄な身体を震わせながら、何度も机の前を歩き回っていた。

「まさか。今までバレなかっただけよね」

「田中くん、どんくさそうだもんなあ……」

教師たちが囁《ささや》いていると、秀雄が私服姿の田中守《まもる》を連れて職員室に戻ってきた。

「で、どうでした？」

古田教頭がピリピリした高い声で詰め寄った。

「なんか、ムシャクシャしてたらしくて……」

秀雄はかばうように答えながら、田中を椅子に座らせた。

田中は不良とはほど遠い、どちらかといえばおとなしい部類の生徒だ。

「警察沙汰《ざた》にならずにすんだかを聞いてるんだよ」

古田ははっきりしない秀雄にイライラしている。

「はい。それなら大丈夫でした。今回が初めてですし」

秀雄は愛想笑いで答えた。

「そう。じゃあ、あとは生徒の指導、ちゃんと頼むよ」

教頭はホッとした顔で、自分の席に戻った。

「――どうしたんですか、一体。君は、将来を台無しにするつもりですか？」

秀雄は田中に真顔でたずねた。

「将来ってなんですか？」

田中は抵抗するように言った。

「……そりゃあ、いい大学に入って、いい会社に入ることです」

「それが、いい将来なんですか？」

「そりゃあそうですよ」

秀雄が当然といった顔で答えると、田中はそれきりそっぽを向いてしまった。

「――おい田中、聞いたよ。万引きだって？」

数学教師の久保勝《まさる》が職員室に戻るなり、大きな声で言った。

「ウチの生徒じゃなかったら、今頃警察沙汰だぞ」

久保はサラリと本音を言った。すらりとした長身にさわやかな笑顔。何をやってもソツがなく、久保は女生徒からも絶大な人気がある。

「それは、この学校が有名な進学校だからですか？」

田中がたずねた。

「うん。確かに俺だって、そんなのおかしいと思うよ。でも、世の中っていうのは、そういうものなんだ。だから万引きなんかしてないで、勉強をちゃちゃっとやっとけよ。いい大学に入って、いい会社に入っといて損はないんだから」

久保が世間話でもするように軽やかに言うと、田中はちょっと考えてから立ち上がった。

「……はい。すみませんでした。これからはちゃんと勉強します」

あっさり引き下がった田中を前に、担任の秀雄はまったく立つ瀬がなかった。

「……君と久保先生、言ってることは、同じなのにねえ」

教頭がイヤミを言った。

「……すみません」

秀雄は一瞬落ち込んだが、態勢を立て直すために机の上の整理を始めた。

「——お待たせしました」

新任の社会科教師の岡田力が、弁当の入ったビニール袋を両手に提げて戻ってきた。岡田は机の間を駆け回るように職員たちに弁当を配り始めた。

「はい、みどり先生は焼き鳥弁当……。あ、中村先生も、いつもの買っときましたから」

「あ、すみません」

秀雄は健康を考えて、お昼はいつも決まって減塩低カロリー弁当にしていた。

「あんたもちょっとは考えたら？　いつもそれじゃ、コレステロール、やばいでしょ」

年長の太田麗子《れいこ》が向かいの席の久保にツッコミを入れた。英語教師の麗子は四十を目前にしてなお独身だが、屈託のない性格で職員室の雰囲気を明るくしている。

「全然問題ないね」

久保は笑ってかわし、元気よくスタミナ満腹弁当を食べ始めた。

「あ、そうだ。中村先生、健康診断の結果、届いていますから」

みどりが思い出したように、向かいの席の秀雄に言った。

「ありがとうございます」

秀雄が机の上にある診断結果の封筒を開けようとした時、理事長の秋本隆行《たかゆき》が部屋に入って来た。

「ちょっと近くまで来たものだから」

理事長は言って、チラリとみどりのほうを見た。

「さようでございますか。ほら、理事長に梅こぶ茶を」

古田教頭が揉《も》み手で駆け寄って、若い岡田に言いつけた。

「いや、いいよ。すぐに失礼するから」

「そうおっしゃらずに。おいしい羊羹《ようかん》もあることですし」

「いや、理事長室に寄って、すぐ帰るから。――では先生方、受験シーズンに入りますが、今年も期待していいます、よろしくお願いしますよ」

教師たちはみな、箸《はし》を止めて、軽く会釈した。

教頭はさらに羊羹をすすめたが、理事長にピシャリと拒絶された。教師たちはいつもながらの教頭のごますり姿に目配せして笑い合った。が、遅れて笑った秀雄だけが教頭と目が合ってしまった。

「中村先生。君のクラス、進路指導が遅れてるよ！」

「……すみません」

秀雄はまともにとばっちりを受け、ヤレヤレと言った顔でうつむいた。

「ねえ、理事長、ホントに怒ってたと思う？」

教頭はからむように、みどりにたずねた。

「さあ」

みどりは軽くかわして、弁当のふたを開けた。

「わかるでしょ。親子なんだから……」

教頭はぶつぶつ言いながら席に戻った。

「あ、砂肝が入ってない――」

みどりが声をあげた。頬をふくらませて真剣に怒っている。秀雄はそんなみどりを微笑ましく思いながら、弁当を食べようと掌《て》を合わせた。

検査結果が入った封筒は、机の隅に追いやられていた。


放課後、秀雄は受け持ちのクラスの進路面談のために教室に残っていた。

「杉田さん、志望校が書かれていませんね」

秀雄は杉田めぐみが提出した白紙の紙を見つめた。

「まだ決めてないんです」

「でも、もう決めないと。杉田さんは英語の成績がいいですよね。そういった関係に進んでみようとは思いませんか？」

「――先生は、なんで教師になったの？」

めぐみがふいに真顔でたずねた。

「子どもの頃からの夢だったとか？」

「いや、そういうわけじゃ……」

「じゃあ、なんでなったの？」

「それは……まあ、いろいろですよ」

「教師になってよかったと思ってる？」

「もちろんです」

秀雄は答えながら、自分でも釈然としなかった。


秀雄が進路指導を終えて職員玄関を出ると、大粒の雨が降り出していた。見ると、ひさしの下で雨宿りをしているみどりがいた。

「雨、降っちゃいましたね」

秀雄は傘を開きながらさりげなく話しかけた。

「入れてもらえます？」

みどりが言った。

「あ、はい。もちろん。こんな傘でよかったら」

秀雄は慌てて不器用な手つきで傘を差しかけた。

みどりが傘に入ってくると、秀雄はちょっとドギマギした。おっとりとした良家のお嬢さんタイプのみどりに、秀雄は好意というよりは憧《あこが》れのような気持ちを抱いていた。

秀雄は傘を極端にみどりのほうに差し出しながら歩いた。みどりを気づかうあまり、秀雄の体はびしょ濡《ぬ》れだった。秀雄は何か話そうと思ったが、何を話題にしていいかわからない。が、みどりのほうはまったくのマイペースで、沈黙を気にしている様子はない。

「――砂肝、好きなんですか？」

秀雄はようやく話題を思いついた。

「ええ、好きですよ」

「そうですか」

そこで会話が終わってしまい、秀雄はますます気まずく思った。

「――思い出しちゃった。頭きちゃう、今日のお弁当」

みどりは本気で憤慨している。食べ物のこととなると、つい熱くなってしまうらしい。

「すみません……。そんなに砂肝、好きなんですか？」

「いろんな種類、食べたいんです。いつもは違う種類の焼き鳥が五本入ってるのに、今日は砂肝の代わりにネギマが二本入ってたんです。……ああ、おなかへった……」

みどりは子どものようにつぶやいた。

秀雄は思いきって切り出した。

「じゃあ、砂肝――おいしい焼き鳥屋を知っているんです。食べに行きませんか？」

「おいし～」

　みどりは砂肝を食べるなり、無邪気に顔をほころばせた。

　秀雄とみどりは並んで焼き鳥屋のカウンター席に座っている。秀雄はみどりの横顔を見た。いつもは向かい側の席で正面の顔しか見ていないが、横顔もまた凛《りん》として美しかった。サラサラの長い髪に長い睫毛《まつげ》。秀雄は思わず見とれてしまった。

「学校の近くに、こんなお店があるなんて、知りませんでした」

　みどりは言った。

「おいしい店、けっこうたくさんあるんですよ。僕が一番よく行くのは、『丁稚』ですけど」

「でっち？」

「すごくおいしい蕎麦《そば》屋なんです。それから、『カンテラ』っていう洋食屋もおすすめです」

「どこにあるんですか？」

　みどりが興味を示した。

「よかったら、今度、行きませんか」

　秀雄は思いきって誘ってみた。

「はい、行ってみたいです」

「じゃあ行きましょう。蕎麦《そば》屋も洋食屋も」

秀雄はうれしくなった。みどりはおいしそうにパクパクと砂肝を平らげている。秀雄はビールのジョッキをググッとあけると、カウンターに勢いよく置いた。

「あの……今度の日曜日、映画でも行きませんか？」

秀雄はつとめてさりげなく言った。

「……日曜日？」

みどりはたずね返した。

「あ、いえ、たまたま映画の券が二枚あったので……。でも、日曜日はあれですよね、なんかデートみたいですかねえ」

秀雄はすぐに冗談めかすように笑った。

「そう思います」

「ですよねー。……だったらやめましょう。あ、次、何、食べます？」

「手羽先」

「すみません、手羽先四本、お願いします――」

「……よかった、足りて」

秀雄はアパートに帰ってから、財布の中身を確かめながらホッとしていた。

秀雄の部屋は簡単なキッチンのついた二間だ。最低限の家具しかない、殺風景な部屋だった。

秀雄はいつもの習慣で、コートのポケットに入っている物をすべて机の上に出し、順番に並べていった。財布、鍵《かぎ》、ハンカチ、定期券、そして、帰り間際に突っ込んだ健康診断の封筒――。封筒を開けると、再検査を告げる紙が入っていた。

「どうせ、なんともないのに」

秀雄はコートを脱ぎ、キッチンの流しで手を洗い、うがいをする。子どもの頃からずっと続けている、風邪をひかないための習慣だった。

翌週、秀雄は学園が契約している敬明会病院で再検査を受けた。内臓を中心に、ＣＴ検査やエコー検査、Ｘ線検査をした後、胃部の内視鏡検査を受けた。

数日後、病院から呼び出しがあった。

秀雄は午前中だけ半休を取り、どうせ結果を受け取るだけなのだろうと思いながら、外科の待合のロビーで順番を待っていた。

ロビーに、四歳くらいの女の子がやって来て、秀雄の横に座った。真っ白なワンピースに白いタイツ。天使のように愛らしい。女の子は秀雄の顔を不思議そうにじっと見ている。

秀雄は女の子の視線に気づいてやさしく微笑んだ。

「おじちゃん、びょうきなの？」

女の子は首をちょこんと傾けて、無邪気にたずねた。

「病気かどうか、聞きにきたんだよ」

秀雄はまったく不安がない様子で答えた。

「あのね、ミウのパパ、びょうきなんだ」

女の子は言った。

「そっか。早く治るといいね」

秀雄は言いながら、時間のほうが気になって腕時計を見た。

「さっき、死んじゃった」

女の子の言葉に秀雄は思わずドキリとした。

「中村秀雄さん、どうぞ」

ナースに呼ばれて、秀雄は診察室に入った。ドクターが険しい顔つきでレントゲン写真をながめ、秀雄の検査結果を見ているところだった。

「こんにちは」

担当医の金田勉三《べんぞう》がにこやかに言った。歳は四十代の半ば。ピーナッツ形のつるりとした顔にはとっつきやすい笑みが浮かんでいる。よほど忙しいのか、白衣は座りじわでくたくただった。

秀雄は会釈しながら椅子に座った。

「今日は、検査の結果でしたね」

「はい」

「中村さん、奥さん、いらっしゃいます？」

「いえ、いませんけど」

「じゃあ、ご両親と住んでるのかな」

「あの……すみません、仕事に戻らないといけないんで、検査結果を……」

秀雄は話の先をせかした。

「できたら、検査結果はご家族の方と一緒に聞いていただきたいんです」

「あの、ですから……」

言いながらふと、秀雄の心に不安がよぎった。

「……母が……田舎にいますけど……」

「検査結果について、大切な話があります」

金田はまっすぐに秀雄を見つめた。

「あの……僕、何の病気ですか？」

秀雄の瞳《ひとみ》が戸惑うように揺れた。

秀雄は診察室を出ると、病院の出口に向かって猛然と歩き出した。すっかり顔色を失っている。ロビーには先ほどの女の子がいたが、秀雄は何も目に入らない様子で足早に通り過ぎた。

秀雄は病院を出ると、どこか虚空を見据えるように、ただ一直線に通りを歩いていった。通りのあちらこちらにはポケットティッシュを配る人たちがいた。秀雄は差し出されるままティッシュを受け取っては条件反射のようにポケットに収めていった。やがて秀雄のポケットはティッシュでいっぱいにふくらんでいた。


秀雄はいつの間にかアパートに帰っていた。頭は茫然《ぼうぜん》としていたが、体はいつもの動きを始めていた。コートのポケットから財布や定期券、ポケットティッシュを出して机に並べた。ポケットからはいくつもティッシュが出てきた。それからコートを脱ぎ、うがいをするためにキッチンに行くと、チャイムが鳴った。新聞屋だった。

「来月で契約が切れますが、引き続き長期の契約をお願いしたいんですけど――」

秀雄は言われるまま、契約書にサインした。二年契約だった。控えの紙とサービス品を受け取ると、キッチンに戻った。流しに契約の控えを置くと、秀雄はコップを取ってうがいを始めた。

二十八年間、生きてきた。

明日という日が、あたりまえにやってきた。今までは――。

秀雄は今日、余命一年と宣告された。

「あ……。一年にしといたほうがよかったかな」

秀雄は虚《うつ》ろな目で二年契約の控えを見つめた。

それから秀雄はしばらくソファにぼんやりと座っていた。

「あ、学校――」

秀雄はやがて思い出したように立ち上がった。


「あれ？　中村先生、いつの間にご出勤？」

久保が遅い出勤の秀雄を見てからかった。

「……遅くなりました」

秀雄がつぶやくと、麗子が血相を変えて職員室に飛び込んできた。

「――もうやだ、死ぬかと思った」

麗子は大声でわめいた。

秀雄は、死ぬという言葉にハッと反応して、麗子の顔を見た。

「給湯室にゴキブリがいたのよぉ。思いっきり逃げてきちゃった」

麗子は言いながら、さっきから秀雄が自分を見つめたままなのに気づいた。

「何？　なんかついてる？」

「はい、鼻が……」

秀雄がボソッとつぶやくと、一瞬間があってから職員たちが笑い出した。真面目な秀雄が冗談を言ったかと思うと、余計に愉快だったのだ。

秀雄は2年G組の教室で、ウニの受精卵を板書し始めた。

生徒たちはいつものごとく授業を無視して、英語や数学の勉強をしている。

「先生。それ、前回の授業でやったんだけど——」

杉田めぐみが指摘した。

「すみません。じゃあ、今日は教科書189ページからですね」

秀雄は無表情で詫《わ》びて、授業を始めた。


「中村先生——」

授業が終わって秀雄が廊下に出ると、みどりが駆け寄ってきた。

「再検査の結果、どうだったんですか？」

みどりは同僚を気づかうようにたずねた。

「はい、大丈夫でした。もちろん」

秀雄はとっさに答えていた。

「じゃあ、今夜の飲み会、行けますか？」

「はい、もちろん――」

秀雄はうなずいた。


「全然、回ってこないんですけど」

カラオケボックスでみどりが不平を言った。さっきから、麗子が五曲連続で歌っている。麗子はマイクを握りしめ、今度は『魔法使いサリー』のテーマを歌い出した。

「トイレ、行ってきまーす」

みどりが部屋を出て廊下を歩いていると、別の部屋で秀雄がひとり、無心に歌っているのが目に入った。

「――中村先生？」

みどりがドアを開けて呼びかけたが、秀雄は歌に入り込んでいるのか、気づかない。

「何してるんですか？　みんな、向こうにいますよ」

みどりが大声で言うと、ようやく秀雄は顔を向けた。

「いえ、僕はここで歌います」

「じゃあ、私もここで歌います。あっちだと、全然順番が回ってこないんですよ」

が、みどりが歌い始めると、秀雄はコートと鞄《かばん》を持って立ち上がり、さっさと部屋を出て行ってしまった。秀雄の後ろ姿を見送りながら、みどりはマイクを放さなかった。

秀雄はアパートの部屋に戻ると、押入れの奥から段ボール箱を取り出した。中には、本やアルバムや卒業文集などがごちゃ混ぜに詰まっていた。秀雄は奥のほうから景品でもらった携帯用のマメカラオケを取り出した。そして、何かに取り憑《つ》かれたように歌い始めた。

時計は秒針を進め、時を刻んでいた。


その夜、秀雄は一睡もできなかった。ただベッドの中で体を丸くしていた。朝になり、いつもの時刻に目覚まし時計が鳴ると、秀雄はのろのろと起き出した。そうして、きちんと身支度をしてから、電話の前に正座した。

「――もしもし母さん。僕だけど。あの……スキルス型の胃ガンて知ってる？　僕、それになっちゃってさ、あと一年くらいしか生きられないんだって――」

秀雄はまるでセリフの練習でもするように言った。そして、受話器を取ったがすぐに思い直して置いてしまった。

「あ、遅刻だ――」

秀雄は急いで鞄を摑《つか》むと、慌てて玄関で靴を履いた。が、ふと、馬鹿馬鹿しくなった。どうせ死んでしまうのに、時間を気にするなんて。秀雄は靴を脱ぎ捨てると、部屋に戻った。そして、冷蔵庫から缶ビールを取り出すと、一気にゴクゴクと飲み干した。

「おはようございます」

午後遅く、秀雄が職員室に入ってきた。

「おはようございます……って、今、何時。連絡もしないで」

古田教頭がにらんだ。

「すみません、目覚ましが鳴らなくて」

秀雄はヘタな言い訳をした。

「遅刻なら遅刻で電話の一本くらい、入れてくれなきゃ」

古田は悪びれない様子の秀雄に呆《あき》れながら、職員室を出て行った。

職員室には秀雄とみどりだけが残った。

「先生の授業、自習にしときましたから」

みどりが秀雄の前の席で言った。

「すみません」

秀雄は詫びながら、みどりの顔をじっと見つめた。

「……なんですか？」

ぶしつけな視線にみどりはたじろいでいる。

「僕は、みどり先生にふられたんですよね」

「……は？」

「仕事帰りの蕎麦屋や洋食屋はオッケーだけど、日曜日の映画はダメ。それって、ふられたってことですよね」

秀雄がたずねた。が、みどりは黙って見つめている。

「どうしたんですか、急に――」

「どうして僕じゃダメなんですか？」

「理由を聞きたいんです。正直に答えて下さい。そんなこと言ったら僕が傷つくんじゃないかっていうようなことでもかまいません。ありのままの事実を教えて下さい」

「そんなこと言われても……」

「知りたいんです。お願いします」

みどりは秀雄に請われて、仕方なく場所を屋上に移した。

「本当に思ったことを言っていいんですね」

みどりが念を押すと、秀雄はうなずいた。

「……中村先生は、真面目でいい人ですけど、小さくまとまってるっていうか、いつも人の顔色うかがって、自分の思ってること、言わないじゃないですか。なんでも無難にこなすのが悪いとは言いませんけど、私は、自分の考えをしっかり持ってて、それをちゃんと行動にうつせる人に惹《ひ》かれます――」

みどりは言葉を誠実に選ぶように、秀雄に告げた。

「そうですか。ありがとうございました」

秀雄はひと通り聞いてから、礼を言った。

「……じゃあ」

みどりはいたたまれないように踵《きびす》を返した。

「――嘘なんです」

秀雄は突然口を開いた。

「――遅刻した理由。信じられます？　本当はビール飲んでて遅くなったんです」

秀雄はふっと不思議な笑みを浮かべた。

みどりは秀雄を怪訝《けげん》そうに見ながら、職員室に戻っていった。


秀雄が廊下を歩いていると、向こうから軽快な歩みで久保がやってきた。すれ違いざま、秀雄はふいに足を止め、久保の顔をじっと見つめた。悩みのなさそうな瞳をしている。

「――？　目と鼻と口以外に、なんかついてる？」

久保はおどけて言った。嫌味のない、さわやかな笑顔だった。

「……みどり先生は、きっと、久保先生みたいな人と結婚するんでしょうね」

秀雄はつぶやくように言った。

「何、いきなり……。なんでそう思うの？」

「誰だってそう思いますよ」

久保は余裕のある笑みで話を受け止めている。

「結婚の話、あるんですか？」

「ないよ。今のところはね。中村先生はどうなの？　結婚」

「いえ、僕は……」

「そうだよな。まだまだ独身でいたいよな。人生、長いんだから――」

久保は笑って、秀雄の背中を軽く叩《たた》いた。秀雄の心に長いという言葉が重く響いていた。


その晩、みどりは考えごとをしながら、リビングの床で洗濯物の山をたたんでいた。

「もうちょっとちゃんとたたみなさいよ」

そばで新聞を読んでいた秋本が言った。学園では実直な理事長である秋本も、家に帰ればかわいいひとり娘を心配する父親の顔になっている。数年前に妻を亡くしてからは特に、娘と過ごす時間を大切にしていた。

「だったらお父さん、自分でたたんでよ」

みどりは父のほうに洗濯物をいくつか放った。

すると、秋本も一緒になってたたみ始めた。几帳面《きちょうめん》な秋本はシャツに折り目をつけながら、きちんきちんとたたんでいく。秋本家は代々、陽輪学園の経営者で、立派な屋敷を構えているのだが、家政婦は雇っていない。秋本は根っからの教育一家に育ったせいか、家事もきちんとやらないと気が済まないのだった。

「いつ三人で食事しようか？」

秋本はさりげなく切り出した。

「またその話？」

「久保くん、いい男じゃないか」

「私は興味ないって言ったでしょ」

「どこが気に入らないんだ？」

「別に。ピンとこないだけ」

「ピンとこない？　具体的に言ってくれなきゃ」

「そうねえ……あの人にギュッとされたいとかって思わないの」

「ギュッとされたいって？」

「抱きしめられたいってこと」

「あるの？　男に抱きしめられたこと」

「当然でしょ」

娘の答えに父としては少なからずショックを受けている。

「……そういう人がいるなら紹介しなさいよ」

「今はいない」

「そう……。久保くんなら、将来安心して理事長だって任せられるんだけどな」

みどりの何でも自分で決めたいという頑固さは、父親ゆずりのようだった。

秀雄はアパートのキッチンでネギを刻んでいた。ガスコンロの鍋《なべ》で蕎麦《そば》を茹《ゆ》でている。

秀雄は冷蔵庫から卵を取り出した。

「あ、賞味期限、切れてる。……でも、一週間くらい、大丈夫だよな」

秀雄は構わず卵を割ろうとした。

「……でもやっぱりな。どうしよう……」

悩み始めると、シンと静まりかえった部屋で、時計の秒針の音だけがやたらと大きく耳につき始めた。コチコチコチコチ……。

「――いつまで悩んでんだよ！」

秀雄はいきなり頭に血が上って、卵を床に投げつけた。

コチコチコチコチ……。

時計の秒針は秀雄を無視するように、先へ先へと進んでいた。

秀雄はコンビニに卵を買いに出た。ボンヤリとひとけのない暗い道を歩いていると、ふいに四人組の少年に取り囲まれた。

「……な、なんですか？」

秀雄はおびえた。

「お金、下さい」

リーダー格らしい少年がにやにや笑った。

「……わ、わかりました。あるだけ出しますから」

秀雄がコートのポケットから財布を取り出すやいなや、少年の手にひったくられた。一人が中身を確かめている間に、秀雄はほかの少年たちに殴りつけられた。

「うっ……！」

秀雄は咳《せ》き込みながら、地面にうずくまった。

「銀行のカードの暗証番号を教えて下さい」

少年は秀雄を蹴《け》りながら、笑みを浮かべた。

「教えて下さい」

少年たちは口々に繰り返しながら、笑みを浮かべて秀雄を蹴り続けた。

「……教えて下さい」

秀雄はうめくように言った。

「は？」

少年たちが顔を見合わせた。その隙をついて秀雄はよろよろと立ち上がった。

「……教えてくれよ」

秀雄はふらつきながら少年たちに詰め寄った。

「……何、ぶつぶつ言ってんだよ。早く暗証番号、教えろ――」

「――こっちが教えてほしいんだよ！」

秀雄は突然声を荒らげた。

「――なんで僕なんだよ。なんでお前らみたいなヤツじゃなくて、この僕なんだよ」

秀雄はできうる限りの大声を張り上げた。

「……わけわかんねぇよ」

少年たちは気味悪そうに互いに顔を見合わせた。

「なあ、教えてくれよ。なんで一年なんだよ。なんで僕が一年なんだよ。お前らじゃなくて、なんで僕なんだよ！」

秀雄はよろけながら少年の一人に摑《つか》みかかった。

「……なんだこいつ。来るな！」

少年は秀雄を殴りつけると、財布の中身を抜いて逃げて行った。

秀雄は地面に転がりながら、目を開けたまま、じっとしていた。

——どうして、僕が。

告知以来、初めて表面にわきあがってきた秀雄の感情だった。


翌朝、秀雄は敬明会病院の金田の診察室を訪れていた。金田は老女の怪我の治療をしているところだった。

「どうしたの？」

金田は冷静に言った。

「先生に聞きたいことがあります」

秀雄は思い詰めたような表情で言った。

「わかった。でも今、治療中だから」

金田は答えて、治療を続けた。

「——間違いなんじゃないですか？」

秀雄はなおも金田に詰め寄った。

「僕の検査の結果、ホントは間違いなんじゃないですか？」

秀雄は取り乱している。金田は落ち着いて老女の治療を終え、にこやかに送り出した。

「——検査結果、誰かのと入れかわったんじゃないですか？」

秀雄は言った。

「それはない。あれは、君のものだよ」

金田はきっぱりと答えた。

「でも、1パーセントでも0・5パーセントでも、間違いが起こる可能性は、あるんですよね……」

秀雄は何かに問いかけるように言った。

「──僕は……今まで、地道に生きてきたんです」

秀雄がうめくように言った。心の底から出てきた言葉だった。

金田は秀雄のほうに体を向けた。

「……高校の時は、ちょっとでもいい大学に入れるように、一生懸命勉強しました。ふわふわと女の子とつきあったりもしませんでした。……そして希望の大学に入れました。就職は一般企業も考えましたが、あちこち転勤するのは避けたかったので、高校教師になりました。転勤を避けたかったのは、結婚して家庭を持った時のことを考えたからです」

秀雄は言った。金田は穏やかな顔で秀雄の話を聞いている。

「──僕は別に大きな成功とか、そういうことを望んだことはありません。ただ、毎日を平穏無事に暮らせればいいんです。そりゃあ、小さなことはいろいろとありますよ。でも、大きなトラブルは一度もなくここまで過ごしてきたんです。……そんな僕が、こんな目にあうはずないんですよ。……おかしいと思いません？　こんなの不公平ですよ。これは、絶対に何かの間違いなんです。そうですよね、先生――！」

秀雄はすがるように言った。

「そうだね。君がそう思うなら、間違いかもしれない」

金田に穏やかな口調で言われて、秀雄は少し冷静な気持ちになった。

「でも、確かなことがひとつだけある。それは、君が今、生きているということ。今、生きていることに間違いはない――」

金田はまっすぐに秀雄の目を見つめた。

秀雄はしばらく考え込み、やがてふらふらと部屋を出て行った。

それから金田は真剣な顔つきで秀雄のカルテを取り出して見ていた。

「告知は重荷だったのかも。……あ、すみません、余計なこと言って」

ナースの畑中琴絵《はたなかことえ》が思わず口に出した。

「君はどう思う？」

金田は神妙な顔でたずねた。

「――やっぱり不公平だと思う？」


その日、中村秀雄は学校に来なかった。

「どうしたんですかねえ。中村先生が無断欠勤だなんて」

陽輪学園の職員室では、教師たちが集まって秀雄の噂をしていた。

「まさか事故や事件に巻き込まれたんじゃないだろうな」

「それか何かショックなことがあって、ヤケになって閉じこもってるとか」

「たとえば？」

「さあ。女がらみっていうのは、ないような気がするけど」

他愛のない噂話だったが、みどりはふと思い当たって、心配になった。


その夜、みどりは秀雄のアパートを訪ねた。何度もインターフォンを押したが応答がないのであきらめて帰ることにした。が、途中、通りかかった公園で、秀雄がブランコに座っているのに気づいた。

「中村先生――」

みどりが呼びかけると、秀雄は顔をあげた。

「どうしてこんなところにいるんですか？　どうして無断欠勤なんてしたんですか？」

みどりは秀雄のほうに駆け寄った。

「みどり先生には、関係ないことですから」

秀雄は微笑みながら答えると、ブランコから立ち上がった。

「そうですか？　私のせいなんじゃないですか？　私が言ったことで、先生を傷つけたんじゃないかって――」

「――どうして僕が、そんなことで傷つくんですか？」

秀雄は苦笑した。

「いくらなんでも、私、はっきり言い過ぎました……」

みどりは恥じるようにうつむいた。

「確かに……僕は、無難に生きてきた人間です。でも、それは、そういう人生がいいと思ってそうしてきたんです。正しいと思ってそうしてきたんです。だから、みどり先生に、ああいうことを言われたからって、ショックなんて受けてません。受けるわけがないじゃないですか」

「そうなら……いいんですけど」

「わざわざ来てもらってすみません」

秀雄はとりつくろうように笑った。

「……ただ、はっきりさせておきたかったんです。中村先生とは、長いおつきあいになると思うので」

「長いつきあい？」

「……あ。私、腰掛け教師みたいに思われてるみたいですけど、ずっとこの仕事を続けたいと思ってるんです。だから――」

みどりがうつむき気味に弁明していると、ふいに秀雄が抱き寄せて、口づけをした。

「――――!」

みどりは一瞬呆然《ぼうぜん》とした後、怒りがこみあげて、思わず秀雄の頰を平手打ちしていた。

「何するんですか!」

「僕だって、やろうと思えばこういうことができるんです――」

秀雄は開き直るように言った。

「でも、あえて無難な道を歩いてきたんです。僕は自分の生きてきた道を、一度だって後悔したことなんかないんですから――」

秀雄はゆっくりと歩いて去っていった。みどりはしばらくその場に立ちつくした。


秀雄はアパートに戻ると、急に空腹を覚えた。朝から何も口にしていなかった。秀雄はカップラーメンにお湯を注いで、できあがるのを待った。

ふと、段ボール箱がまだ出しっぱなしになっているのに気づいた。小学校の卒業文集が目に入った。秀雄は何気なく『道』と題された文集を手にすると、懐かしそうにページをめくっていった。

秀雄のページには『修学旅行の思い出』という題の作文があった。懐かしい自分の字。

ページの下半分には自己紹介が書かれていた。

「ニックネーム……ヒョロリン」

秀雄は読み上げて苦笑した。

「好きな食べ物……なし。カッコ、果物。嫌いな食べ物……なし。カッコ、何もないという意味。……くだらねえ」

思わず吹き出してしまう。

「特技……歌。尊敬する人……パバロッティ――」

ふいに、秀雄の胸に懐かしさがこみあげてきた。教会の聖歌隊で歌っていた頃のことを思い出していた。

「将来の夢……テノール歌手。……ふ、何、言ってんだか」

秀雄はかつての夢に苦笑いした。

「どんな人になりたいか――」

秀雄は次の質問項目に目を走らせた。何を書いたのか、自分でもすっかり忘れていた。

『――僕は、幸せな人間になりたいです。幸せな人間とは、後悔のない人生を生きている人だと思います』

「……なまいきな」

秀雄はつぶやくと、文集を脇に置いて、カップラーメンを食べ始めた。

『幸せな人間とは、後悔のない人生を生きている人だと思います』

麵《めん》をすすりながら、秀雄は文字に目を奪われていた。

——後悔のない人生。

麵をすする秀雄の頰に、涙がつたった。

秀雄は感情を追い払うかのように音をたてて麵を食べ続けた。涙があふれてくる。感情は思いがけず大きな波になって、いつしか嗚咽《おえつ》に変わった。

秀雄は箸《はし》を置いて、泣いた。

——本当は、後悔している。僕は、あの頃思い描いた人生を、生きてこなかった。二十八年間も生きてきたのに。

2

次の日、中村秀雄は早々と登校すると、職員室のデスクの整理を始めた。やり出してみると、引き出しの奥のほうからは不要な書類や紙切れなどがたくさん出てきた。

秀雄はそれらを選別しながら、ゴミ箱に捨てていった。

「なんか寒いと思ったら、暖房ついてないんじゃないの？」

麗子が震えながら言った。

「教頭先生が消しちゃったから」

体育教師の赤井貞夫《さだお》が言った。

「経費節減だろ？」

久保が分析した。古田教頭は何かと経費節減という名目で、こまめにエアコンのスイッチを切ってしまうのだ。

「寒い。つけて」

麗子は若い岡田に指令を出した。

「……わかりました」

岡田はすごすごと立ち上がった。

「何かおもしろいもんでも出てきた？」

赤井が秀雄に声をかけた。

「え？」

秀雄は片づけに夢中になっていて、話を聞いていなかった。

「たまに片づけすると、意外なものとか、出てきたりしない？」

赤井が言うと麗子が続けた。

「あるある。図書券とか出てくると、すごい得した気分よね」

秀雄は軽くうなずくと、黙々と整理を続けた。引き出しの奥から本が一冊出てきた。買った時のまま、書店のカバーがかかっていた。

始業のチャイムが鳴って、職員たちはそれぞれの授業へと散っていった。授業のない秀雄とみどりがふたりきりになり、とたんに気まずい空気が流れた。

「——みどり先生、怒ってます？」

秀雄は沈黙に堪えきれず切り出した。

「喜んでるように見えます？」

みどりの声は明らかに怒っている。

「あのことは、忘れて下さい」

「忘れて下さいって……。自分が何したかわかってるんですか？」

「キスですよね」

「いちいち言わないで下さい。もう、いいですから」

みどりは言いながら、呆《あき》れたように秀雄の顔を見た。

「やっぱり聞いていいですか？　どうしてあんなことしたんですか？」

秀雄が答えに困っていると、古田が部屋に入ってきた。

「ちょっと、どうしてエアコンかかってるの？　もったいないから消すよ」

古田が会話を遮ると、みどりは部屋を出て行った。

秀雄はデスクの整理を再開した。引き出しの奥で見つけた本は机の隅に置かれた。


2年G組では久保が数学の授業をしているところだった。受験に実戦的な久保の授業は好評で、生徒たちはみな真剣な顔で授業を聴いている。

「じゃあ、問1、やってみようか。吉田、前、出て」

学年でもトップクラスの成績の吉田均《ひとし》が前に出て数式を解き始めた。赤坂栞《しおり》はノートに数式を解いていくが、すぐにつまってしまった。栞はイラつきながら、顔をあげて黒板を見た。均はスラスラと問題を解いている。

授業が終わると、栞は教室を飛び出し、久保を追いかけた。

「――先生の補習授業、出てもいいんですか？　私、志望校、国立に変えたいんです。だから、もっと数学も勉強しないと」

「でも、俺の補習受けるなら偏差値65はないと。まずは偏差値あげろ。待ってるから」

久保がさわやかに励ましたが、栞はひどく落胆した様子で教室に戻っていった。

「――彼女、数学以外は、トップ争いの常連なのにね」

様子を見ていた麗子が言った。

「俺の教え方がマズいのかな」

久保は首を傾げた。

「よく言うわよ。あちこちの予備校から誘われてる敏腕教師が」

麗子は久保をつついた。どうも年上の麗子の前ではさすがの久保も調子が狂ってしまう。

麗子は生徒だけでなく、職員たちの細かいところまでしっかり見ているのだった。

放課後、秀雄は赤坂栞の進路面談をしていた。

栞は突然国立の大学を受験したいと言い出した。

「今の成績では第一志望は難しいですね。国立なら偏差値60くらいじゃないと」

秀雄は資料を見ながら、他の大学をすすめた。

「そんな低い大学、行きたくありません」

栞はあからさまに顔をゆがめて拒絶した。

「まあ、浪人してもいいのであれば」

「それはダメです」

「じゃあ、あと一年、頑張るしかないですよ」

「そんなの無理です。一年しかないんですよ。みんなはずっと前から受験のための勉強してるのに。……とにかく私、第一志望以外の大学には行きたくありません。志望校のレベルを落とすなんて、自分が許せません」

栞は頑《かたく》なに言い張った。

「……バカじゃないの？」

秀雄はつぶやいた。

「今、バカって言いました？」

栞は信じられないといった顔をした。が、秀雄は否定しない。

「どういう意味ですか？」

栞はムッとしている。

「たかが大学受験ですよ。そんなに真剣に悩むなんて、バカらしいっていう意味です」

「それでも担任の教師ですか？」

栞は抗議した。秀雄はひく気がない。それどころか、はっきりと告げた。

「担任の教師としてはっきり言いましょう。あなたが言ったようにあと一年じゃ無理です。あきらめるしかありませんね——」

——あきらめているのは僕のほうだ。

秀雄は思った。

余命はあと一年しかない。人生最後の日がやってくるのをただ待つしか道はないのだ。

秀雄はアパートに帰ってからも、部屋の整理をしていた。とりあえず身辺の整理をしなくては落ち着かなかった。秀雄は不要なものを惜しげもなくゴミ袋に入れていった。

秀雄は翌日、古田教頭に呼ばれた。

「いくらなんでも、バカだとか、あきらめろだとか、そんなこと生徒に言ったりしてませんよね」

古田が呆れたように言った。

「……言いました」

「言った⁉　どういうこと」

「受験ごときでそんなに悩んでバカみたいって思ったんですよ。そんなちっぽけなこと、悩みのうちに入りませんよ」

秀雄はこともなげに答えた。職員室にいた他の教師たちは、きき耳を立てている。

「赤坂栞の母親から私にクレームがきたんですよ。生徒が真剣に悩んでいるなら、どうして真剣に聞いてあげないわけ？」

秀雄は冷めた目で古田を見ている。

「何、その顔は」

古田が声を荒らげると、教師たちは秀雄のほうを一斉に見た。

「いえ。どうしてそんなに怒ってるんだろうと思って」

秀雄は開き直った。

「原因は君だろう」

「確かにひどいことを言いました。でも、教頭先生は、生徒のことを思って怒ってるんじゃないですよね。僕の上司として責任取るのがいやなだけですよね」

「な、なんだって？」

「それから、エアコンのことですけど、どうして電気代はケチるのに、理事長のお茶菓子代は贅沢《ぜいたく》なんですか？」

「お茶菓子代は、その、私が自分で……」

古田はもごもごと言いよどんだ。

「違いますね。セコく経費で落としていることくらい、僕、知ってますよ」

秀雄は強硬に反論した。

教師たちは食い下がる秀雄の様子に驚いている。

「寒いので、エアコンつけます」

秀雄はすっきりとした顔で教頭に告げた。


その晩、教師たちは近くの居酒屋で飲み会を開いた。

「中村先生、言うときは言うのね」

麗子が感心したように言うと、秀雄は上機嫌でビールを一気飲みした。

「でも、バカっていうのは言い過ぎですよ」

みどりが横やりを入れた。

「まあね。でも、受験の悩みなんて、後になってみればホントにちっぽけなもんじゃない」

麗子は少しだけ秀雄をかばった。

「何か、心境の変化でもあった？」

赤井がたずねた。

「ないですよ、そんなもん」

秀雄は答えた。

「じゃあ、中村先生は、俺たちが思ってたような人じゃなかったってわけだ」

久保が言いにくいことをサラリと言った。

「俺たちが知らない顔、ほかにもあるんですか？」

岡田が興味を示した。

「けっこう女とか、強引に口説いたりしちゃうわけ？」

麗子がからかった。

「そうなんですか？」

みどりがトゲのある声で言った。

「なんか、僕ばかり飲んでません？　皆さんもどんどん飲んで下さい。ここは、僕がもちますから」

秀雄はめずらしく酔いながら、同僚にビールをついで回った。

「そんなの悪いですよ」

岡田は恐縮している。

「大丈夫ですよ。僕、けっこう金持ちだから」

秀雄は言った。

「そうだよね。貯金、いっぱいしてそうだもの」

麗子が言った。

「将来のためにコツコツと」

秀雄はうなずいた。

「どのくらい貯め込んだ？」

麗子は調子に乗って突っ込んだ。

「そういうこと聞くなよ」

久保はあけすけな麗子をたしなめた。

「五百万円です」

秀雄はあっさり答えた。

思いがけない高額に同僚たちは驚いた。

「つつましく暮らしてきたのね。将来も大切だけど、今、楽しむことも大切よ」

麗子が年長者らしくしめくくって、その話題は終わりになった。

「今夜はパーッと行きましょう！」

秀雄はいつになくはしゃいでいた。

その晩、秀雄はしたたかに酔っぱらって帰って来て、床にそのまま倒れ込んだ。

秀雄は夢を見ていた。

教会で誰かの葬儀が行われている。レクイエムを歌っている聖歌隊の中に、子どもの頃の秀雄の姿が見える。歌っている秀雄が柩《ひつぎ》のほうに歩み寄っていく。柩の中の遺体が見えた。それは現在の秀雄の顔だった。

「………！」

秀雄はひどく寝汗をかいていた。時計を見るとほんの数時間しか眠っていなかった。

暗く静まりかえった部屋で、コチコチと時計の秒針の音だけが耳についた。

暗闇の中で、ふいに秀雄は漠然とした恐怖感に襲われた。

秀雄は起きあがって部屋中の電気をつけていった。テレビやCDもつけた。が、コチコチという秒針の音は耳から離れない。秀雄はテレビやCDのボリュームをあげた――。

「進路、国立にするんだって？」

体育の授業中、りなが栞にたずねた。生徒たちは各自自分のペースで校庭を走っている。

栞は走りながらうなずいた。

「お父さんの商売、大変なんでしょ。ウチのお父さんが、なんとかしてあげられたらいいんだけど、ウチはウチで大変みたい」

気づかう反面、どこか優越感のあるりなの言葉に、栞はひどく傷ついた。

「楽しいでしょ、私の人生、終わったかもしれないから」

栞は言って、ピッチをあげて走っていった。

「あんた、一生、友だちできないよ」

りなが呆《あき》れて言った。

「こわぁ」

愛華《あいか》がふたりの険悪な雰囲気を感じ取った。

「彼氏もできないかも」

萌《もえ》はいたずらっぽく言った。

「お〜い、無理すんなよ〜」

赤井は栞に声をかけた。

「受精卵は、やがて卵割と呼ばれる細胞分裂を始め、細胞数を増やしていきます……」

秀雄は生物の授業中、説明の途中で、突然、腹部に激しい痛みを感じた。

「……卵割によって生じた細胞を割球といいます。一つ一つの割球は、分裂によって小さくなりながら……数を増やしていきます……」

腹部の痛みが激しくなった。秀雄は初めてスキルス型の自覚症状を感じて、ショックを受けた。

「……あとは自習にします」

秀雄は教室を出た。

「先生――」

杉田めぐみが異変を感じて追ってきた。

「どうかしました？」

みどりが通りかかってめぐみに言った。

「先生が、具合悪そうだったから」

めぐみは心配そうに秀雄を見ている。

「ホントにたいしたことないから」

秀雄は困ったように笑って、胃のあたりを軽くさすった。

「そりゃあ、生徒には本当のことは言えませんよね」

みどりはめぐみを教室に帰してから、秀雄に冷たく言った。

「具合が悪いのは、昨日、飲みすぎたせいですよね？　楽しくお酒飲むのはかまいませんけど、授業にさしつかえるのはどうかと思います」

みどりに言われて、秀雄は傷ついた。

「……そうですね。確かに本当のことなんて、言えませんよ」

秀雄は開き直るような笑みを浮かべた。

放課後、秀雄は近くの銀行のＡＴＭに寄って、百万円を下ろした。札束を数えもしないでそのまま財布に入れると分厚くふくれあがった。

秀雄はその足で近くの高級中華料理店に入った。

秀雄はメニューのかたっぱしから、ふかひれなどの高級料理を注文した。大きな回転テーブルは高級料理の大皿で埋まった。

秀雄は少しずつテーブルを回しながら、料理を一口ずつ食べていった。ウェイトレスはそんな秀雄の様子をめずらしそうにながめていた。

その時、奥の個室ではみどりが久保と秋本と一緒に食事をしているところだった。料理人が部屋に北京ダックを運んできて、カットしている。

「これが、私の一番のおすすめなんだ」

秋本は満足そうな顔で久保に言った。

「うまいものには目がなくてね。つい食べすぎてしまう。でも、最近はさすがにコレステロールとか気になりだしてね」

「僕は、全然気にしないで食べますけど、ジムで体を動かすようにはしています」

久保は言った。

「何、してるの?」

「筋トレとスイミングです」

「いいねえ。俺も行こうかな。なあ、みどり」

父は娘の顔色をうかがった。

「いいんじゃない？」

みどりは男どうしの会話を無視して、ひたすらもくもくと食べていた。

北京ダックがサーブされると、一同からため息がもれた。

「おいしい」

みどりはその時だけは、顔がほころんだ。


秀雄はナプキンで口をぬぐって席を立った。すべての料理に手がつけられているが、ほとんどを食べ残している。

秀雄は支払いに行こうとして、個室にいるみどりたちに気づいた。久保とみどりが、理事長の見守る中、食事をしている。

「あっちの奥のテーブルの会計も一緒に払います」

秀雄はレジ係に申し出た。

「九万四十円でございます」

秀雄がふところから財布を出すと、レジ係は秀雄の財布の厚みに目を瞠《みは》った。

「釣りは結構です」

秀雄は十万円を置いて出て行った。

「一体、誰が払ってくれたんだろうか」

秋本は家に帰ってからも、しばらく会計のことを気にしていた。

「みどりの知り合いなんじゃないか？　まさか、俺に言えないような男とつきあったりしてないだろうね」

「そのうちわかるでしょ。……それより、なんで久保先生が一緒だったの？　そうならそうって最初から言ってよ」

みどりはやんわりと抗議したが、父は笑ってごまかした。

「やっぱり久保くんなら任せても安心だ。学園のこともみどりのことも。――あのね、実は、久保くんで間違いないって最初に言ったのは、お母さんなんだ」

秋本は真面目な表情で告げた。

「えっ……お母さんが？」

みどりは驚いて、フォトスタンドの中の母の顔を見つめた。

「なあ、みどり。久保くんのこと、親が決めた相手だから気に入らないのか？　だとしたら、意地をはってないで久保くんという男をおまえの目でちゃんと見てくれないか？」

父の言葉にみどりは素直にうなずけなかった。みどりは結婚する相手は自分で決めたいと思っていた。

秀雄はアパートの前まで帰ってから、ふと足を止めた。部屋に帰りたくなかった。暗闇の中、ひとりで死の恐怖を感じたくないと思った。

その時、タクシーが通りかかった。秀雄は思わずタクシーを止めていた。

「適当にドライブして下さい」

秀雄は運転手に告げた。

「三万円分ほど、ドライブして下さい。コースは、おまかせしますから」

「まかせるって言われても……」

「なんなら五万円出してもいいですよ。それとラジオ、つけて下さい。できたら派手な音楽がいいです」

運転手は秀雄に言われたとおりにラジオをつけた。

秀雄は神妙な面もちで、タクシーの窓の外に流れる街の光景を見ていた。

「先生、進路のことで相談があるんですけど」

赤坂栞は職員室に入ってくると久保に言った。担任の秀雄のことはわざと無視している。

「中村先生、もうバカだなんて言わないよな。ほら」

久保はとりなすように言って、栞を秀雄のほうに押しやった。

「中村先生の言うことはわかってます。今の成績で入れる大学にしとけって言うに決まってます」

栞はムスッとしている。

「あのなあ、俺たちにいくら相談したって、自分が勉強しなきゃ、行きたい大学には行けないんだぞ」

久保は釘《くぎ》を刺した。

「……もういいです」

栞はムッとした表情で職員室から出て行った。

「……ムカツク」

秀雄がつぶやいた。

「ムカツク？　ちょっと、中村先生、また生徒に聞こえたらどうするの」

久保が聞きとがめた。

「いえ。ムカツクのは生徒じゃありません。あなたです」

秀雄は久保に向かって言うと、さっさと荷物をまとめて帰ってしまった。

その夜、秀雄は銀座の高級クラブを訪れていた。

「申し訳ございません。ウチはどなたかのご紹介がないと……」

クラブのママが、秀雄の全身をチェックして断った。

が、秀雄は臆《おく》することなく、帯封がついたままの百万円の束をカウンターに置いた。

すると、秀雄はその店で一番大きなテーブルに通された。大勢のホステスたちに囲まれ、テーブルには酒やフルーツ盛りなどがにぎにぎしく載せられた。

「楽しい?」

若いホステスがチェリーを秀雄の口に入れた。

秀雄は笑って、チェリーを食べた。

「楽しい」

秀雄はねだられるままにドンペリのロゼを入れた。すると、店中のホステスたちが秀雄を囲んで拍手し、ママが秀雄の頭にブリキとラインストーンでできた王冠を載せてくれた。

秀雄はただ笑っていた。


秀雄はアパートに帰ると洗面所で胃の中のものをすべて吐いていた。げんなりしながら顔をあげると、鏡に青白い自分の顔が映っていた。

ブリキの王冠をつけた顔色の悪い男の顔。秀雄が失望を覚えながらベッドに戻ると酔いつぶれたホステスが洋服を着たまま寝ていた。秀雄はホステスに布団をかけてやり、自分は床に横たわった。

「楽しい……」

秀雄は暗い天井を見据えてつぶやいた。


翌日、秀雄は学校を無断欠勤して、敬明会病院の診察室を訪れていた。

「あと一年って思ってましたけど、考え直しました」

秀雄は金田に言った。

「一年って、けっこう長いですよね。だから、ラクにして下さい」

「……何、言ってるの」

金田が秀雄の顔をのぞき込む。

秀雄は妙に落ち着きはらった顔で続けた。

「僕、死ぬこと考えると、やっぱり怖いんですよね。すごく痛いんだろうなとか、苦しいんだろうな、とか。毎日毎日、怖いんですよ」

「そう感じるのは当然だよ。でも、残りの人生、それだけじゃないでしょ」

「何の痛みも感じないよう、ラクにして下さい。そういう方法、ちゃんとありますよね」

秀雄はなおも言った。

「中村さん、このまま少し入院しましょうか」

金田は危険を感じて提案した。

「それってラクにしてくれるんですよね」

「そんなこと、法が認めないよ。たとえ法が認めたとしても、僕が認めない」

金田はきっぱりと告げた。

「少し待ってて。今、空きベッドの確認をするから」

金田が言った。しかし、秀雄は診察室を出て行ってしまった。

「中村さんから目を離さないで」

金田はナースに耳打ちする。秀雄はしばらくロビーに座って薬が出るのを待っていたが、ナースが目を離した隙に、ふらふらと外に歩き出していた。

秀雄は病院の前の通りを歩いた。ふと募金箱を持ったボランティアの青年が目に入った。秀雄は財布から一万円札の束をありったけ取り出すと、募金箱に入れた。去っていく秀雄の背中に向かって、青年は何度も頭を下げていた。

それから秀雄は電車に乗り、終点の町に降りたった。かすかに潮の香りがする。あてもなくただ歩いていくと、町のはずれに教会があった。中に入ると聖歌隊が賛美歌の練習をしているところだった。秀雄は一緒に歌い出した。歌っていくうちに、こわばっていた秀雄の表情はやわらいでいった。秀雄は穏やかな笑みを浮かべながら、賛美歌を歌い続けた。

教会を出ると、秀雄は切り立った崖《がけ》の上にいた。遠くの海をながめている秀雄の顔からは、表情というものが消えていた。頭の中には聖歌隊の合唱の声が響いていた。秀雄は両手を横にひろげて、一歩踏み出した。

秀雄の体が宙に舞う。後には波の音だけが響いていた。

その頃、麗子は、職員室の秀雄のデスクに花瓶を置いて花をいけていた。

「きれい。これ、花壇に咲いていたお花ですよね」

向かいの席でみどりがたずねた。

「理事長が来るから飾っとけって、教頭先生が。なんで私がこんなことしなくちゃいけないんだか」

「あの、中村先生から連絡はあったんですか？」

みどりは空席の主が気になった。

秀雄は今日もまた、無断欠勤していた。

秀雄が目を覚ますと、ベッドに寝かされていた。

「中村さん、わかりますか?」

金田医師が声をかけている。

「……僕、死ねなかったんですか?」

秀雄はつぶやいた。

「やっぱり、死のうとしたんだ」

「どうして僕は、ここにいるんですか?」

「浜で発見されて、近くの病院に運ばれたんだ。君の所持品にウチの診察券があったから、ここに連絡があってね、それで君を受け入れた」

「帰ります――」

秀雄は体を起こそうとした。

「今帰すわけにはいかない」

金田はいつになく険しい顔をしている。

「僕は……自分で死ぬこともできないんですか」

「ああ、そうだ」

「僕の命ですよ。どうしようと勝手じゃないですか!」

「――君に自分で死ぬ権利なんかない!」

金田が声を荒らげた。

「……ついさっき、僕の患者さんがひとり亡くなったよ。一ヵ月後に娘さんの結婚式があってね、なんとか一ヵ月、あと一ヵ月でいいから生きたいって、最期まで言ってた。僕はそういう人を何人も見てきたんだ」

金田は怒りを抑えながら告げた。

「気持ちが安定するまで、このまま入院してもらうよ。僕には、君の残りの人生を支える義務があるからね」

「やっぱり、いないみたいだな――」

その頃、学校が終わってからみどりと久保が秀雄のアパートを訪れた。久保が再度インターフォンを押したが応答はなかった。

「どこ行っちゃったんだろう……」

みどりは心配になったが帰るほかなかった。

「北京ダックが夢に出てきたよ。あれ、ホント、うまかったなぁ」

帰り道、久保は急にのんきなことを言い始めた。

「……私が一番好きなのはエビチリですけど」

みどりもつられて言った。

「ねえ、今度はふたりで食事しない？」

久保が軽く誘うので、みどりは警戒した。

「俺が理事長に気に入られてるのはわかってる。将来、理事長っていうのもすごくいい話だと思う。でも、それだけで結婚決める気はないから」

久保はさわやかに笑った。

「私、天ぷらが食べたいです」

みどりは、自分の目で久保のことを少しの間見てみようと思った。


「君から見て、みどりと久保くんって、どう思う？」

秋本は理事会の帰りに、ハイヤーの中で古田教頭にたずねた。

「え？　ああ、はい、そりゃあもう、ベストカップルと申しましょうか」

「ほかにいるのかな。みどりが惚《ほ》れるような男性――」

「いやあ、岡田先生は若くて頼りないですし、体育の赤井先生は同棲《どうせい》している人がいるみたいだし……」

「……中村くんは？」

教頭はたずねられるまで秀雄のことはまったく頭にないようだった。

「彼はどう考えても、みどり先生とはつりあいがとれないですよ」

「そう」

秋本は教頭の答えを聞いて、満足そうにうなずいた。

「――中村先生！　どうしたんですか、連絡もなしに」

翌朝、電話を取るなりみどりが叫んだ。

「え、入院してる？」


放課後、みどりたちは秀雄の見舞いにやってきた。

「よく生きてたわよね。崖から海に落ちたっていうのに」

麗子は笑いながら言った。

「お友だちはどうなったの？　自殺しようとしていた友だちを止めようとして、一緒に落ちたんでしょう？」

「……はい。友だちも助かりました。ほかの病院にいます」

金田が言ったのだろう、とっさに秀雄は話を合わせた。

「あ、これ、教頭先生からです」

みどりが紙袋から羊羹《ようかん》を出した。

「ポケットマネーで買った高級な羊羹だって」

久保がおかしそうに付け加えた。

「これは僕たちからです。ここ、置きますね」

岡田がアレンジメントの花を置いた。

「ありがとうございます」

秀雄は頭を下げた。

「これ、中村先生のデスクから持ってきたんですけど。この本、まだ読んでないと思ったから」

みどりが本を手渡した。

「ねえ、崖から落ちた瞬間、死ぬって思った？　それともそんなこと考えてる余裕なんかなかった？」

赤井が冗談のつもりでたずねた。

「もちろん、死ぬつもりでしたよ」

秀雄は思いがけず真顔で答えてしまった。

「やっぱり死ぬと思ったんだ」

赤井が妙に納得している。

「中村先生って、強運の持ち主よね」

麗子が感心したように言った。

「僕だったら、助からなかったかも」

岡田はつぶやいた。

「僕はまず、崖《がけ》から落ちたりなんかしないね」

久保が自信ありげに言った。

「だったら私は――」と麗子が言いかけると、「――友だち助けに崖なんかに行かない」

と久保が茶化した。

「そりゃそうでしょ。だって崖よ」

麗子は怖そうにつぶやいた。

みどりは黙ったまま、秀雄の様子を見ていた。

「……じゃあ、そろそろ行こっか」

教師たちは口々にお大事にと言いながら引き上げて行った。

秀雄はみどりが持ってきた本をチラリと見た。が、特に手に取ることもなく、そのままベッドに横になった。

「何か僕に聞きたいことがあるそうで」

診察室から金田が出て来た。

「あの……中村先生、本当に事故なんですか？」

みどりは簡単に挨拶《あいさつ》をすませると、金田にたずねた。

「あの……。最近、様子がちょっとおかしかったものですから」

「僕から患者さんのことを、あなたに話すことはできません。でも、まあ、いいでしょう。ホントに事故ですよ。自殺なんかじゃありません」

「そうですか。そうですよね。すみませんでした、お忙しいところ」

みどりは、安心したように微笑んだ。

「秋本さん。あなたは、中村さんの特別な人？」

金田は微笑みながらたずねた。

「いえ、違いますけど」

「……そう。失礼」


秀雄は売店で雑誌を買った後、ふと産科病棟のベビー・ルームの前を通りかかった。ガラス窓の向こうに、小さな赤ちゃんたちが並んでいる。

生まれたばかりの命。

秀雄はしばらく手足をばたつかせている赤ちゃんたちに心を奪われた。


「あ、母さん？　僕だけど――」

その晩、秀雄は病院の公衆電話に向かっていた。

「別に、用はないけど。ほら、最近連絡してなかったから。……うん、僕は元気だよ。……仕事？　別に変わりはないよ」

会話が途切れてしまった。秀雄は動揺して息づかいを乱した。

「あのさ、ちょっと聞いていい？」

秀雄は平静を装って切り出した。

「……母さん、僕が生まれた時、どう思った？——え、別に意味なんてないよ。違うよ。誰も妊娠なんてさせてないよ。つきあってる人だっていないのに。……で、僕が生まれた時、どう思った？」

秀雄は母の答えを聞いた。

胸がつまった。涙があふれてきて、次の言葉を発することができなくなった。が、秀雄は必死に涙声を押し殺した。

「——そっか。……あ、今、外なんだ。友だちが呼んでるから切るね。じゃあ」

秀雄は受話器を置くと、その場に崩れるようにして泣いた。声が響かないよう、嗚咽《おえつ》を懸命に抑えた。

ひとしきり泣いてから病室に戻ると、みどりが置いていった本が目に入った。秀雄はその本を手に取ってしばらくじっと見つめていた。

秀雄は本を持ってロビーの長椅子に座っていた。

「何の本」

金田は秀雄の隣に座ってたずねた。

「僕が読まなかった本です」

金田はそれ以上聞かず、缶コーヒーをひと口飲んだ。

「先生――」

秀雄が口を開いてたずねた。

「――一年て、二十八年よりも長いですよね」

金田は秀雄の言葉を解して、穏やかな瞳《ひとみ》でうなずいた。


翌日、秀雄は退院した。秀雄は一冊の本を持って2年G組の教壇に立っていた。

「机の上のものをしまって下さい」

秀雄は言ったが、生徒たちは英語や数学の勉強を続けている。

「――しまいなさい」

秀雄は声を張り上げた。廊下を歩いていたみどりにもその声が聞こえた。みどりが教室をのぞくと、驚いた生徒たちが互いに顔を見合わせて、机上のものをしまっていた。

「ここに、一冊の本があります――」

秀雄は凛《りん》とした声で、カバーのかかった本を頭上に掲げた。

「この本の持ち主は、この本を読みたいと思ったので、買いました。しかし、今度読もうと思いつつ、すでに一年が経ちました。この本の持ち主は、これを読む時間がなかったのでしょうか。いいえ、たぶん違います。読もうとしなかった。それだけです――」

秀雄が言うと、それまでうつむいていた赤坂栞が興味を持ったように顔をあげた。

「――そのことに気づかない限り、五年経っても十年経っても、持ち主が、この本を読むことはないでしょう」

秀雄は本を教卓に置いて、ゆっくりと生徒たちの顔を見た。

「受験まであと一年です。皆さんの中にはあと一年しかないと思っている人もいるかもしれません。でも、あと一年しかないと思って何もしない人は、五年あっても十年あっても何もしないと思います。だから、一年しかないなんて言ってないで、やってみましょう」

秀雄は生徒に向かって話しながら、自分にも言い聞かせていた。

「この一年、やれるだけのことをやってみましょう――」

放課後、誰もいなくなった教室に秀雄はひとりでたたずんでいた。

あの晩、秀雄を救ってくれた母の言葉を思い出していた。

「僕が生まれた時、どう思った?」

『うん。……やっと会えたね、って。それから……この子のためなら、自分の命は捨てられる。そう思ったかな』

僕に、自分で死ぬ権利なんかない。

秀雄は決意していた。

僕は生きる。人生最期の日まで——。

3

「1月28日。今日からビデオ日記を始めることにした——」

秀雄はアパートの部屋で、買ったばかりの小型のビデオカメラに向かって言った。

自分の姿がちょうどカメラにおさまる位置を探して三脚をセットしている。カメラに向かって喋《しゃべ》るのは慣れないせいか、すぐに言葉は途切れ、沈黙が続いた。秀雄はテープを巻き戻し、言うべきことを頭の中で確認してからもう一度録画をスタートさせた。

「……1月28日。今日からビデオ日記を始めることにした。……僕は残りの人生を、精一杯生きたい。……後悔しないように、生きたい」

思いがけず、作文のような前向きな言葉になった。

それ以上、言葉が出てこなかった。

「おはようございます。早いですね」

みどりが革手袋を脱ぎながら、向かいの席の秀雄に声をかけた。

秀雄は軽く会釈するとすぐに調べ物に没頭し始めた。受験の資料をデスクに積み上げ、何やら真剣にメモを取っている。

みどりは不思議に思って、秀雄の作業の様子をながめていた。

職員が揃うと、朝のミーティングが始まった。

「我が校でも風邪が流行《はや》っています。手洗い、うがいなど、よく指導して下さい」

教頭が言った。

「——あの、教頭先生。うがい……ですけど、紅茶でうがいをするといいらしいって、テレビで見たことがあります。出がらしでも、いいそうです」

秀雄が立ち上がって、発言した。

「ああ……それだけ？　何を言うかと思ったよ。君が自ら発言するなんて初めてだから」

教頭が意外そうな顔で秀雄を見つめる。

「たいしたことなくて……すみません」

秀雄は照れながら椅子に座った。

「それで、なんだっけ？　そうそう、赤井先生から発表があるので聞いて下さい」

教頭は思い出したように言った。

赤井が立ち上がった。

「教師になって苦節十年。いろんなことがありました——」

「辞めるの？」

麗子が小声でたずねた。

「そんなことはさておき、僕、結婚することになりました」

赤井は満面の笑みを浮かべ、おめでとうの声が飛びかう。

ミーティングが終わると、赤井は質問攻めにされ始めた。

「ねえ、どんな人？」

麗子がまず口火を切った。

「僕が面食いなの知ってるでしょ。それから、制服にも弱いんだよな」

赤井は照れながらも笑顔で答えている。

「まさか、スッチー？　ナース？」

岡田が目を輝かせている。

「牛丼屋。アルバイトしてた子なんだけど」

「女子大生かよ」

久保がつっ込んだ。

「歳は僕より二つ上」

「もうすぐ四十かよ」

「今、言ったよね。四十かよって。どういう意味よ？」

麗子がつっかかった。

「意味ないよ。あるとしたら、ゴロがよかったんじゃない?」

久保はとぼけている。

「客と店員として知り合ったんですか?」

岡田がきくと赤井はうなずいた。

「その牛丼屋って、おいしいんですか?」

食べ物には目がないみどりが真顔でたずねた。

「質問は結婚のことに限らせて頂きたいんですけど」

「すみません、つい……」

秀雄はみどりを見て微笑んだ。

「正直、次に結婚するのが、赤井先生だとは、思ってなかったよ」

古田が会話に加わった。

「誰だと思ったんです?」

岡田が興味深そうにたずねた。

「そりゃあ、久保先生と――」

古田は言いかけて、口をつぐんだ。

「……だから、その、久保先生だ」

「私も結婚しようと思えばいつだってできるんだけど」

麗子が言い出した。

「見栄張るなって」

久保がたしなめるように言うと麗子は「ホントだもん」とムキになった。

秀雄はみんなの会話を聞きながら、一緒に笑っていた。

「中村先生は？」

若い岡田が話題を振った。

「僕なんて、まだまだ先――」

秀雄は答えかけてから、ハッと口をつぐんだ。

「どうかしました？」

「いや、僕は……結婚の話なんて全然ないですから」

無意識に出てきた言葉に、秀雄は自分で驚いていた。

「抗ガン剤だけど、今飲んでるカプセルのほかに点滴もやってみない？　そうすれば効きめが上がるというデータもあるんだけど。――ねえ、聞いてる？」

金田は秀雄の腹部の触診をしながら言った。

「すみません……。あの、あたりまえのことですけど僕に結婚はないんだなぁと思って」

秀雄は体を起こしながら、しみじみと言った。

「どうしてそう思うの？」

「だって、今すぐ結婚しても、一年足らずで未亡人にしてしまうんですよ。そんな無責任でかわいそうなこと、できるわけないじゃないですか」

秀雄はつとめて明るく言った。

「あ、別に今、つきあってる人や、好きな人がいるわけじゃないから、いいんですけどね。これからだって、恋なんかしてる場合じゃないですし。……僕、有意義に過ごすって、決めたんですよ」

「有意義？」

「はい。今までは、毎日なんとなく過ごしてきました。でも、もう違います。教師として、しっかりやろうと思ってます」

秀雄は心からそう思っていた。

——僕は第二の人生を歩き出した。僕に未来がないのならば、今を大切に生きよう。僕は、今を生きるんだ。

「欠席は、なしですね」

秀雄は2年G組の教室を見渡した。ふと、鈴木りなを見ると、まぶたにパール入りのシャドーが光り、睫毛《まつげ》はマスカラたっぷりにカールしていた。

「鈴木さん化粧してますね。放課後、職員室まで来て下さい」

秀雄が注意すると教室中がざわめいた。

「今日は特に連絡事項はありませんが、ちょっと話を聞いて下さい。皆さんが受験のために、生物より英語や数学の勉強をしたいのはわかります。でも、生物って、すごく面白い世界だと思うんです。ですから、授業中だけでも、生物の勉強をしませんか?」

秀雄は心をこめて言ったつもりだったが、生徒たちは興味なさそうな顔で、数学や英語の問題集を広げ始めた。

「……僕の話は以上です」

再びいつもの授業に戻った。


その昼、秀雄は職員室の自分の席で、コンビニのおにぎりを片手に、熱心に進学の資料を見ていた。

「急だけど、結婚パーティやるから、来てね」

赤井が招待状を持って秀雄のデスクに寄ってきた。

「何、調べてるの?」

赤井は秀雄の机の上の資料の山を見た。

「進路指導で、いいアドバイスができるように各大学の学部の特色をもっと詳しく知っておきたいと思って」

秀雄は手を止めて赤井に答えた。

「どうしたんですかねえ。今まで、大学の偏差値しか見てなかった中村先生が……」

岡田が麗子に小声で囁《ささや》いた。

みどりは秀雄の様子を向かいの席でじっと見ていた。


「鈴木さん、職員室に来るように言ったはずです」

秀雄は帰ろうとしていた鈴木りなを廊下で捕まえ、声をかけた。

「一体どうしたんですか。そんなふうに化粧してくるなんて、普通じゃありません」

「普通だよ」

「……もしかして、何かあったんですか？」

「マニュアル本に、そう書いてあった？」

「そういうことじゃなくて――」

りなは秀雄からプイッと顔をそむけると、早足で歩いていってしまった。

秀雄は職員室の窓から、グラウンドを抜けて帰って行くりなを力なく見ていた。

赤井がりなに声をかけたが、りなはツンと無視して校門から出て行った。

放課後、秀雄は2年G組で田岡雅人《まさと》の進路面談を始めた。

「田岡くんは教文大学の医学部を目指してると思うんですが、国際医科大学も考えてみてはどうでしょう。国際医科大学は研究室もトップクラスの成果を出しているようですし」

秀雄が自信を持ってすすめると、雅人は、「医学部、やめたいんです」と突然言い出した。

「どうしてですか？」

「大学病院の医者の給料、昨日初めて知ったんです。あんなに安いと思いませんでした。もう行く気はありません。志望校は考え直しておきます」

一方的に言って、雅人は席を立った。

秀雄は引き留めることもできず、ひとり教室に取り残された。

進路指導を終えた秀雄が職員室に戻ると、赤井の結婚祝いの飲み会に誘われた。

「すみません。せっかくですけど、僕、まだ残ってやることがあるんで」

秀雄はめずらしくきっぱりと断った。

「今日じゃなくちゃ、ダメなんですか？」

みどりがたずねた。

「はい。今日中にやりたいんです」

「じゃあ、後から来れたらおいで」

赤井が残念そうに言った。


「中村先生、遅いねえ」

すっかり飲み会が進んだ頃、赤井が言った。

「もう帰っちゃったんじゃないですか」

岡田が言った。

「なんか、いつもとちょっと違ったよね、中村先生」

麗子が言うと、そうかなと久保が首を傾げた。

みどりは秀雄のことを考えていた。退院してから急に教師の仕事に熱心になった秀雄のことが気になっていた。


その頃、秀雄は2年G組の教壇に立っていた。

「僕が皆さんに生物の授業を聴いてもらいたいのには理由があります。……それは……生物学的なことを知ってほしいっていうか、生命って実にすごいことで……その生命現象をちゃんと理解してほしいっていうか……」

秀雄はため息をついて、誰もいない教室を見渡した。

「ダメだ。何言ってるのか自分でもわかんないよ」

秀雄が顔をあげると、入り口に立っている秋本に気づいた。

「……理事長。どうしたんですか？」

秀雄は練習しているところを見られて気恥ずかしかった。

「忘れ物を取りに。それで声がしたものだから。立ち聞きするつもりはなかったんだけど」

「あの……情けない話なんですけど、僕の授業、生徒たちが、なかなか聴いてくれないんですよね……」

「遅くまで、ごくろうさま」

秀雄は理事長の言葉にあたたかみを感じて、少しだけうれしくなった。

秀雄は職員室で帰り支度をしながら、デスクの脇にみどりの手袋が落ちているのに気づいた。秀雄は拾って、右手袋と左手袋をていねいに重ねた。手袋はほどよく使い込まれていて、革に刻まれたやわらかなシワから、みどりの手の感じが伝わってくるようだった。

秀雄はしばらく手袋を見つめ、そっと両手で握った。が、秀雄は我に返った。みどりのことを考えている余裕は自分にはないのだ——。秀雄は手袋をみどりのデスクに置いて、早足で職員室を出て行った。

飲み会が終わると、みどりは久保に送られて帰路についた。

「冷た……」

みどりは手をこすり合わせた。

「じゃあこうしよう」

久保はみどりの手を握った。ごく自然な感じだった。

「反則ですよ」

みどりはやんわりと拒絶した。

「ダメ?」

久保がひどくがっかりしてたずねるので、みどりはおかしかった。

秀雄はアパートに帰るとさっそくビデオに向かった。

「1月29日。……積極的に生徒と関わろうとした一日だった。……全然、うまくいかなかったけど……最初からうまくいくはずはないから、もっと頑張ろうと思う。……あ、でも、今日は一日、仕事を頑張ったっていう充実感が、すごくある。……明日も、この調子でやっていこう——」

秀雄はビデオを止めた。本当に思ったことを喋《しゃべ》っているつもりだったが、自分でもどこかしっくりこなかった。

鈴木りなは翌日もばっちりメイクを決めて登校してきた。2年G組の教室ではホームルームの前に、りなの香水の匂いをめぐって生徒たちから不満が出た。

「匂うんだけど。何、つけてんだよ」

田中守が抗議した。

「ガキにはわかんないの」

りなはそっぽを向いた。

「どういう意味？」

守はめぐみにたずねた。

「大人の香りってことじゃない？」

めぐみは軽くあしらった。

均は脇目もふらず、勉強を続けている。

「メイクはご勝手にって感じだけど、香水はやめてくれない？　匂いが脳ミソに突き刺さって、すごく不快」

栞がきつい口調で言った。

「私はそうゆうあんたが不快」

りなはツンとそっぽを向いてしまった。

「うわ、赤井がひとりでニタニタしてる」

萌が窓の外を見て叫んだ。

「結婚できてうれしいんじゃない？」

雅人が笑った。

「私、帰る——」

りなは途端に不機嫌になって、帰る用意を始めた。

「鈴木さん、帰るんですか？」

白衣姿の秀雄が廊下でりなを見かけて駆け寄った。りなは無視して猛然と歩いていく。

「ちょっと、話せませんか？　何かあったのなら話してくれませんか？」

「どうして？」

「僕にできることが、あるかもしれません」

「ないよ」

りなはきっぱり言い捨てて、行ってしまった。

「どうかした？」

職員室に気落ちして戻ってきた秀雄に、麗子がめざとく気づいて声をかけてきた。

「ウチの鈴木さん、帰っちゃったんです。化粧してくるし」

秀雄は説明した。

「見た見た。それくらい、かわいいもんじゃない」

「でも、何か悩みを抱えてるんだと思うんです。話してくれれば、何か力になれると思うんですけど」

「あら。彼女の悩みは恋よ。私たちに何ができるの？」

麗子は笑った。

「彼女、麗子先生に話したんですか？」

秀雄は驚いた。

「ううん。そんなの、見てりゃ、わかるわよ」

「相手は誰ですか？　ウチのクラスの男子ですか？」

「相手は教師」

「俺？」

久保が自分を指さした。

「ううん、赤井先生よ」

麗子が告げると、赤井が「えっ？　俺？」と素《す》っ頓狂《とんきょう》な声をあげた。

「へえ〜、赤井先生が結婚しちゃうから、ショックを受けてるんだ」

久保が赤井を見てからかった。秀雄はりなの様子を思い出しながら、考え込んだ。

「いやぁ、知らなかったなぁ」

赤井はすっかり照れている。

「彼女の気持ちに気づかないフリ、してたんじゃないの？」

「いや……ホントに全然気づかなかった」

「女心がわかってないんだから。そんなんで結婚して大丈夫？」

「もちろん。それより、僕、鈴木に何か言ったほうがいいのかな」

赤井は少し心配になってきた。

「最後まで、気づかないフリ、してりゃいいのよ」

麗子がアドバイスすると、赤井はホッとした顔になった。

「でも、鈍感な男って思われちゃうのもな」

赤井の心配は自分に向いている。

「男ってホント、バカね」

麗子は赤井を見て呆《あき》れている。

秀雄はしばらく黙って考え込んでいたが、突然、職員室から走り出した。

「——鈴木さん！」

秀雄は帰って行くりなの背中に追いつくと呼びかけた。白衣を着たまま走ってきた秀雄は激しく息を切らしながら、りなの隣に並んだ。

「――原因は赤井先生ですか？」

秀雄がたずねると、りなは顔色を変え、秀雄を無視するように歩き出した。

「……違うよ」

口では否定しているが、赤井の名前を聞いてショックを受けているようだった。

「あの……どうにもならないことってあると思うんです。前向きになって下さい。ほかにやることはたくさんあります。勉強をしたり、本を読んだり、いろいろあるじゃないですか」

秀雄はとりあえず引き留めなくてはと思って話しかけたが、りなに、「授業、始まってるんじゃないですか？」と冷たく言われ、それ以上言葉が出ない。

その時、秀雄は下腹に痛みを感じた。痛みは急激にひどくなって、秀雄はその場に立ちつくした。

秀雄が胃をさすりながら職員室に戻ってくるとみんな授業に出はらっていて、みどりだけが残っていた。

「鈴木さんを追いかけたんですか？」

みどりは秀雄に声をかけた。

「……いやぁ、僕はまだまだですね。一応説得したんですけど、鈴木さん、帰っちゃいましたから」

秀雄は苦笑した。

「中村先生、何かあったんですか？」

みどりは向かいの席から秀雄を大きな瞳《ひとみ》で見つめた。

「何かって……？」

「今までの先生は、こんなふうに生徒を追いかけたりしなかったと思います」

「変ですか？」

「……いえ」

「じゃあ、授業があるので」

秀雄は机の上のテキストを持つと職員室を出た。

理事長室では秋本が、教師たちの履歴書ファイルをめくっていた。秋本は秀雄のページで手を止めると、見入った。

「先生方の勤務評定をお願いしてたと思うけど——」

秋本は古田教頭を呼んで言った。

「あっ、申し訳ございません。じき提出致しますので」

教頭は何度も頭を下げて恐縮した。

「いや、全然急ぐ必要はないよ。ただ、先生方のことをしっかり見てから評価するよう、お願いしますよ」

秋本は言った。


「中村先生、いつでも相談にのるわよ」

放課後、麗子が帰り支度をしながら意味深な顔で話しかけてきた。

「相談？」

進学資料から秀雄は顔をあげた。

「つらい恋のまっただ中なんじゃない？」

秀雄はドキッとしたが、すぐに笑って否定した。

「私の目は、ごまかせないの」

麗子は心の中をのぞき込むように言うと、出て行った。

「ホントです。好きな人なんて、いません」

秀雄はきっぱりと否定したものの、麗子がいなくなると神妙な顔で考え込んでいた。

その晩、みどりは久保と一緒に天ぷらを食べていた。

「そんなにおいしそうに食べてくれると、ごちそうのしがいがあるよ」

久保がみどりの隣でうれしそうに言った。

「割り勘にしませんか？　私たち、まだつきあってるわけじゃないんで」

みどりは天ぷらに塩をつけながら、やんわりと牽制《けんせい》した。

「私、久保先生には、つきあってる人がいると思ってました」

「いたよ。彼女から結婚の話も出たんだ。でも、どうしても彼女との結婚生活って、イメージわかなくて」

久保は正直に打ち明けた。

「いいですよ、そんなことまで話さなくて」

みどりは微笑みながら、天ぷらに手を伸ばした。


翌日、鈴木りなは学校に来なかった。

「鈴木さん、休んでますね」

2年G組の副担任のみどりは、心配そうに秀雄に言った。

「あとで家に行ってみようと思ってます」

秀雄はみどりの顔を見ずに言った。

秀雄はみどりをどことなく避けようとしていた。

「だったら、私も一緒に行ったほうがいいと思います」

「僕じゃダメってことですか？」

「私はただ、女の私のほうが、話しやすいかもしれないと思っただけです。それに、私のほうが若いですし――」

「――僕だってまだ二十八です」

秀雄は思わずムキになって言い返した。

みどりは秀雄がムキになった理由がわからず、戸惑っている。

「あ……すみません。みどり先生のほうが、彼女に歳が近いっていう意味ですよね。でも、今日のところは僕ひとりで行かせて下さい。必ずなんとかしますから」

その日の放課後、秀雄はりなの家を訪ねたが、彼女は家にこもったまま、出てこなかった。大きな飼い犬に吠《ほ》えられて秀雄はあきらめて帰宅した。

「ねえ、男の人が、急に仕事頑張るのって、どういう時？」

みどりはキッチンで夕飯の焼きうどんを作りながら父にたずねた。

「うーん。結婚した時とか、子どもができた時とか、かな」

父は書き物の手を止めて答えた。

「ほかには？」

「出世したいとか、モテたいとか」

「そういう感じじゃないんだよなあ」

みどりは焼きうどんを器に盛りつけながら、秀雄のことを考えていた。このところの秀雄の、やけに張り切っている様子が気になっていた。

「それ、赤井先生の結婚パーティのスピーチ？　長過ぎない？」

みどりはテーブルを拭《ふ》きながら父に言った。

「そうか……。せっかく理想の夫婦でいる秘訣《ひけつ》を語ろうと思ったのに」

父は残念そうに原稿をしまった。

「フフ。お父さんが思う理想の夫婦なんて、誰も聞きたくないわよ」

みどりはからかった。

「じゃあ何。みどりはあるのか？　理想の夫婦像」

「まだそんなこと考えないわよ。——あ、でも憧《あこが》れの夫婦っていうのはあるかも。ささいなことだけど、私は、お父さんお母さんになっても、おじいちゃんおばあちゃんになっても、ずっと名前で呼び合いたいなって」

みどりはその日を夢見るような瞳で言った。

「ホントにささいなことだな」

父は娘の言葉を聞いて、なぜか照れくさそうだった。

秀雄は部屋に帰ると、さっそくビデオに向かっていた。

「1月30日。まったく今日は、笑っちゃう一日だった。昼休みに赤井先生がなれそめを話し出したし、その時、教頭先生が、奥さんとうまくいってないことをポロッと言っちゃったし、……麗子先生は、まだ僕のこと誤解してるみたいだし……それから……そうそう、犬にはワンワン吠えられちゃうし……」

秀雄は明るい調子にしてみたがそれ以上言うことを思いつかず、ビデオを止めた。秋本みどりの話題を避けている自分に気づいていた。

次の日曜日は赤井先生の結婚パーティだった。秀雄はふだんより明るめの茶色のスーツを着て、会場のレストランを訪れた。

「中村先生――」

みどりが秀雄に気づいて手を振った。上品なカッティングのノースリーブのワンピースを着ている。髪は大きくゆるやかにカールして、唇にはきれいな色の口紅をつけていた。

秀雄はみどりの美しさに一瞬心を奪われたが、気持ちを切り替えるように、ほかの同僚たちと話を始めた。

「では、同僚の方々に、お一人ずつ、新郎新婦にお祝いの言葉をお願いします。じゃあ、こちらの先生から」

司会者に声をかけられて、秀雄は焦りながらマイクの前に一歩進み出た。

「赤井先生、美子《よしこ》さん、おめでとうございます」

秀雄は新郎新婦に向かって微笑み、すぐにマイクから離れた。

「あの、もうちょっと長く、お願いします」

司会者にうながされて、秀雄は困って考えた。

「……えー、そうですね……。赤井先生の夢は、幼稚園の運動会で子どもと一緒に走ることだって聞きました。……早く、その夢がかなうといいですね。……男の子が生まれたら、一緒にキャッチボールしたり、プラモデルを作ったり、するんでしょうね。……夏休みの自由研究なんかも手伝っちゃったり。……たとえば、昆虫の観察。……あ、子どもが大人になったら、一緒にお酒を飲むっていうのもいいですね。……孫ができる頃には、やっぱり夫婦でのんびり旅行ですよ。あ、そうだ。おふたりはさっき、貞ちゃんよっちゃんと呼び合うっておっしゃってましたけど、おじいちゃんおばあちゃんになっても、今と同じように名前で呼び合う、仲のいい夫婦でいてくれたらなって思います――」

みどりは名前のくだりを聞いて、驚いたような顔をした。

「……そしていつか、どちらかが先に旅立つ日が来ると思います――」

秀雄は続けた。

「その時に、後悔しないよう、……たくさんの愛で、……できるだけの愛で、お互いを思い合って下さい……」

秀雄は少し言葉につまりながらスピーチを終えた。

会場は一瞬静まりかえったが、新郎の赤井が感激して立ち上がり、拍手を始めると、秀雄は割れんばかりの拍手で讃《たた》えられた。

はにかんでいる秀雄を秋本理事長が微笑みながら見つめていた。

「2月9日。今日は、赤井先生の結婚パーティに行ってきた。すごくいいパーティだった。……でも、僕たちの歌はちょっとひどかったかも。ちゃんと練習すればよかった。でも、いいか。花嫁さんは、笑ってくれたし――」

ビデオカメラに語りかけながら、秀雄はふと思い出していた。

「みどり先生もよく笑ってた。笑顔がステキで……すごくきれいで……よく食べてたけど……。ブーケもらってうれしそうだったな。……ウエディングドレス着たら、もっときれいなんだろうな……」

秀雄はみどりのドレス姿を想像した。が、その相手は少なくとも自分ではないのだと思うと、せつなさでいっぱいになった。秀雄はビデオを止め、ベッドに横になった。目を開けたまま、しばらくじっとしていたが、浮かんでくるのはみどりへの思いばかりだった。

翌日、中村秀雄は学校の昼休みに敬明会病院の診察室を訪れた。

「今日は、診察日じゃないよね。体調、悪いの？」

「いえ。時々、お腹は痛くなりますけど」

金田は何か話したそうな秀雄の様子を察した。そして、世間話でも始めるように椅子にゆったりともたれると、秀雄のほうに向き直った。

「毎日どう？　有意義に過ごすって言ってたけど」

「……はい、もちろん、毎日充実しています。……なかなかうまくはいきませんけど、教師として、できるだけのことをしようと、努力してます。僕にとって、これが、今を大切に生きるってことですから」

秀雄は生真面目に答えた。

「君が、そう生きようと思ったのはどうして？」

金田はたずねた。

「それは、僕の余命が一年だからに決まってるじゃないですか」

秀雄は即答したが、すぐに不安そうな顔に変わった。

「先生、僕、間違ってませんよね」

「君が本当にそう思ってるなら」

「もちろんです。嘘なんてついてません」

秀雄はきっぱりと言った。

「だったら問題ないじゃない。君は、自分の思った通りに生きてるんだから」

金田は言って、微笑んだ。


りなが犬の散歩から戻ると、秀雄が家の前に立って待っていた。

「……また来たの？」

「はい。鈴木さんの担任教師ですから」

秀雄が自信を持って言うと、りなは観念したようにため息をついた。

秀雄とりなは見晴らしのいい土手に行った。冬枯れの芝生の上にふたりは少し離れ気味に座った。

「いつまで学校に来ないつもりですか？」

秀雄がたずねたが、りなは返事をしない。

「赤井先生と顔合わせるの、つらいですか？　あの……よく言いますよね、失恋は時間が解決してくれるって。でも、そんなのいつになるかわかりませんし、勉強に打ち込めば忘れることができますよ」

秀雄は一生懸命話しかけた。

「フン。経験者？　先生は何かに打ち込んで、好きな人のこと、忘れたことあるの？」

りなが馬鹿にするように言った。

「はい、忘れました」

秀雄は自分を確かめるようにきっぱりと言った。

「だから、鈴木さんも忘れましょう。またすぐに、誰かを好きになればいいじゃないですか。……あなたはきっと、この先、いくらだって恋ができるんですから。ですから、鈴木さん——」

「——いいよ。もうわかったよ。そんなに真剣に恋とか言われると、こっちが恥ずかしくなってくるんだけど。……先生、恋の話、全然似合わない。やめてって感じ」

りなは言ったが、顔には笑みが戻っていた。

「もう、赤井のことなんて、なんとも思ってないから。だって、オヤジじゃん。メイクのこと、ぬり絵とか言っちゃうんだよ」

りなは呆《あき》れたように言ったが、顔はさびしそうだった。

「じゃあ、学校に来てくれますか？」

秀雄はきいてみた。

「うん。ウチにいても暇だし。——あ、もう帰っていい？」

りなは立ち上がってスカートについている芝生のくずを払った。

「……サンキュ」

りなは小声で秀雄に言って、帰って行く。

秀雄はうれしくなって、微笑んだ。

「――でも、先生、間違ってるよ」

りなはふいに振り返って言った。

「この先、いくらでも恋ができるとか、またすぐ好きな人ができるとか、そんなの無理」

「どうしてですか？」

「好きになろうとして好きになるもんじゃないでしょ。好きになっちゃうんだよ――」

りなは大人びた顔で言った。

「恋は、しちゃうもんなんだよ」

それだけ言うと、りなは行ってしまった。

秀雄はりなの言葉をかみしめていた。突然、秀雄はこの間からずっと心につかえていたものがとれたような気がした。うれしくて、立ち上がろうとして転んでしまった。目には澄みきった冬の青空が広がっていた。

「痛《い》ってー！」

秀雄は打った脚を押さえながら笑った。痛いことが、うれしかった。

青空に小さな雲がふたつ、並ぶように浮かんでいる。

秀雄は愉快だった。ゴロンと大の字になって芝生の上に転がると、そのまましばらくの間空をながめていた。

それから、秀雄は学校に戻ると、屋上にのぼって校庭の様子を見ていた。みどりが生徒たちと一緒にバスケットボールをしている。

空は夕暮れに差し掛かっていた。

――僕は嘘をついていた。

秀雄は校舎を出ると、校庭を歩いていった。

――この恋を忘れようとしていたのは、余命一年だからじゃない。傷つくのが怖かったからだ。

秀雄はみどりのいるほうへゆっくりと歩いていった。

――ありのままの気持ちを伝えよう。それが僕にとって、今を生きるということだから。

「みどり先生――」

秀雄は、転がるボールを追ってきたみどりを呼び止めた。そして言った。

「好きです。ずっとずっと、好きでした」

4

「……ずっとずっと、好きでした」

秀雄はみどりに思いを告げた。

「僕はすでに、みどり先生にふられたも同然なんですけど、ちゃんと気持ちを伝えていなかったので……。それって、何も始まってないんじゃないかって」

みどりは黙って立っている。

「あ……すみません、急にこんなこと言われたら、やっぱり迷惑ですよね」

秀雄はみどりに詫《わ》びた。

「いえ、迷惑だなんて思ってません――」

みどりはやっと口を開いた。

「ただ、中村先生の気持ちに応《こた》えることは、できません」

「はい。みどり先生の気持ちが聞けて、よかったです。これで、ちゃんと終われます」

秀雄はすっきりしたように微笑んで、ボールを拾ってみどりに渡した。

「ありがとうございました」

秀雄は最後まで気持ちを聞いてくれたみどりに心から感謝していた。

「先生、変わりましたね」

みどりは秀雄を見つめて言った。

秀雄は照れたように微笑んで、校舎のほうに帰って行った。


朝、秀雄は目覚まし時計が鳴るまで気持ちよく眠っていた。

告知以来、心地よい眠りは久しぶりだった。秀雄はカーテン越しに朝日を感じて、寝ころんだまま大きく伸びをした。

「僕は、恋を始めることができた――」

秀雄は起きるなり、ビデオに向かって思いを話し始めた。

「――一瞬にして終わってしまったけど。たぶん、これが僕にとっての最後の恋になるような気がする。でも、自分の気持ちを伝えることができて、本当によかったと思う」

秀雄はすがすがしい表情で、学校に向かった。


「久保先生とみどり先生って、どうなってるんですか」

昼休み、グラウンドでトスバッティングをしながら岡田がたずねた。

「ふたりでごはん食べたりしてるみたいだし。交際してるんですか?」

「交際？　おまえ、いくつだよ」

久保は子どもっぽい岡田の発言がおかしかった。

「それでどうなんですか？」

「ただの同僚だよ」

「でも、絶対狙ってますよね」

久保は何も言わず、余裕の笑みでかわした。

「先生、僕、今何がほしいって、彼女なんですよ……」

岡田が熱く語り出したが、岡田の後ろには秀雄のクラスの田岡雅人がいた。

「あの、久保先生、ちょっといいですか？　お願いがあるんですけど——」

田岡雅人は困り顔で立っていた。

放課後、職員室の古田教頭のデスクのまわりに教師たちが集められた。

「中村先生のクラスの田岡ですが、今日僕のところに相談に来ました」

「え」

秀雄は初めて知って驚いた。

「つきあってる彼女が、妊娠したそうです」

久保の言葉に職員たちはもっと驚いている。

「田岡くんの彼女って、もしかして近藤さんじゃないですか？」

みどりが言った。

「そう、近藤萌だって」

「あ、僕のクラスです」

秀雄が言った。

「確かなの、妊娠――」

教頭が弱り果てた顔で久保に事情をたずねた。

久保によると、近藤萌は病院で妊娠を確認したと言っていて、双方の親は知らないらしい。田岡はこのまま両親に知られたくないと、久保に萌を説得するよう頼んできたという。

「近藤さんは、産みたいと思ってるのね」

麗子がたずねると、久保はうなずいた。

「……とりあえず、保護者に連絡する前に、近藤萌と話をしてみましょう」

教頭が言った。

「僕が話します」

秀雄が申し出た。

「そりゃあ、中村くんが話すべきだけど、こういう場合、女性のほうがいいんじゃないの」

「……それも、そうですね」

「私が話します」

みどりが申し出た。

「ああ、みどり先生、明日話してみて下さいよ。じゃあ、そうゆうことで」

とりあえず対策は練ったので、皆はそれぞれの席に戻った。

「あの、今日話しましょうよ。明日じゃなくて、今日——」

秀雄が言い出した。

「でも、生徒たちはもう帰りましたよ」

みどりに言われて、秀雄は苦笑した。

「昔は、今日できなくても明日やればいいやって思ってましたけど、今はそういうわけにはいきません」

秀雄は病院で金田の診察を受けながら、最近の思いを話し始めた。

「病気を知ってからのこの一ヵ月、本当にあっという間でしたから……」

「今のところ、薬は効果的に作用しているよ」

「そうですか。体がきくうちにいろいろとやっておかないと——」

「無理はしないでよ」

金田は微笑んだ。

「職場で、君の病気のこと、理解してくれてる人はいるの?」

「まだ知らせていません。話せばいろいろ気をつかわれると思うので、学校に迷惑がかからない範囲で黙っていようと思います」

「お母さんには話したの?」

「いえ……。どうしても話せなくて……。僕が入ってる生命保険の受取人は母なんです。でもそれは、僕が結婚したら、受取人を妻に変更するつもりのものでした。……僕は、最大の親不孝者ですね。保険金を母に受け取らせることに、なるなんて」

秀雄はせつなかった。

「誰か、病気を理解してくれる人がそばにいるといいんだけどね」

金田は言ったが、秀雄はひそかに覚悟を決めていた。

――僕は誰かに寄りかかることなく、ひとりで残りの人生を歩んでいくことになる。それが僕の、運命だから。


「近藤さんが、子どもを産みたいと思ってるって本当なの?」

翌日、みどりは体育館に萌を呼び出してたずねた。

「ほっといてください。私と雅人の問題なんだから」

萌は教師たちに知られているとわかって、顔をゆがませた。

「それは違うんじゃない？　もし産むとなったら、まわりの人の協力が必要なのよ。早くご両親にも相談しないと——」

「——ダメ！　親には絶対言わないで」

頑強に言い張る萌に、みどりは何か様子がおかしいことに気づいた。

「……今、何週目なの？　病院で確認したんでしょ？」

みどりがたずねると、萌はしどろもどろになってうつむいた。


「どうして萌のこと説得してくれないんですか？」

田岡雅人は職員室に呼び出されるや、久保に抗議した。

「あのな、俺が彼女に産むなとは言えないだろ」

「じゃあ、先生は僕の将来が台無しになってもいいんですか？」

秀雄は初めは心配しながら聞いていたが、次第に怒りがわいてきた。

「自分のまいたタネだろう」

久保がたしなめた。

「だいたいおまえ、わかってたはずだろう？　どうしたら子どもができるのか」

「でも、こんなに簡単にできるなんて思いませんよ」

雅人はしれっとしている。

秀雄はさらに怒りが増してきた。

「自分に限って、こういうことにはならないって思ってたわけか」

「起きてしまったことはしょうがないじゃないですか。今は僕の将来のことを考えて下さい」

雅人はすっかり開き直っている。

「とにかく田岡くん、事実を親に話しなさい。君は自分で責任を取れないんだから」

教頭が提案した。

「お金なら出しますよ。十五万くらいでいいんですよね?」

「そういう問題じゃないだろ」

「君が話さないなら、私が話すよ」

教頭が申し出た。

「……まいったな。殺される」

自分のことしか考えられない雅人に、秀雄の怒りは頂点に達した。

「——人の命をなんだと思ってるんですか」

秀雄が雅人の胸ぐらに摑《つか》みかかったその時、みどりが萌を連れて職員室に入ってきた。

「——待ってください。嘘なんです。妊娠はしてません」

秀雄はそれを聞いて、急に体から力が抜けたように雅人から手を離した。

萌の妊娠は、田岡の気持ちを試すための嘘だった。教師たちはすっかり拍子抜けし、その晩、近くの居酒屋で飲み会を開いた。

「でもさ、中村先生、田岡くんの胸ぐら摑んだじゃない。みどり先生が来なかったら、あれ絶対殴ってたな」

赤井が言った。

「それは、ないですよ」

岡田がまさかという顔をした。

「いやあ、あの顔はマジだったよ」

赤井は思い出していた。

「そうねえ、ちょっと、母性本能くすぐられちゃった」

麗子も秀雄の様子を思い出していた。

岡田はそうかなあと首をひねった。

「中村先生は、殴ったりしませんよ。ねえ、みどり先生？」

「殴ってたかどうかはわからないけど、中村先生、最近変わりましたよ」

みどりは言った。

「どんなふうに？」

久保はみどりにたずねた。

「自分の気持ちに嘘をつかないで、一生懸命っていうか……」

「人間なんて、そう簡単に変われるものじゃないと思うけど」

久保が言った。

「でも、変わりましたよ」

みどりはこのところの秀雄の様子を思い返していた。

翌日、秀雄は朝のミーティングで教師たちに資料を配った。

「十代の妊娠と性感染症に関するデータです。今回の騒動をきっかけに、無防備な性交渉をしないように、生徒たちに指導が必要なのではないでしょうか」

「性感染症については保健体育の授業でもやってるけど、みんな人ごとだと思って聞いてるからなあ」

保健体育の赤井がぼやいた。

「ですから、もっと踏み込んだ指導が必要ではないかと」

秀雄が言うと、古田教頭は渋い顔をした。

「それは無理だね。たとえば、避妊具の使い方を教えたとしましょう。するとそれは学校側が性交渉を認めているとみなされてしまうんだよ」

「でも、現実の子どもたちは無防備で……。進学校であろうとなかろうと関係なく無防備なんです。問題は、望まない妊娠です。それともうひとつ、ＨＩＶ感染です」

秀雄は懸命に言った。

「気持ちはわかるけど、教頭先生の言う通りよ」

麗子が言った。

「でも、これって命に関わることですよね」

「命に関わる問題はほかにもあるわけだし、そういうことをやり出したらきりがないよ」

久保が言うと、教師たちは同意するようにうなずいた。秀雄の資料は教頭の手で回収され、それでミーティングはお開きになった。

「中村先生、これ、昨夜調べたんですか」

みどりは分厚い資料を前にして、きいてきた。

秀雄はうなずきながら、無力な自分を痛感していた。

田岡雅人は昨日のことなど忘れたようにケロリとしていた。

「教頭先生。あのう、やっぱりダメでしょうか」

秀雄は放課後、性教育の件を直談判《じかだんぱん》してみた。教頭はあからさまに顔をしかめた。

「模試の結果、二年生では君のクラスが最下位だったよね。性教育より、成績あげるように教育してよ。受験まであと一年、時間がないんだから」

「――時間がないから言ってるんです！」

秀雄は思わず怒鳴るように言ってしまった。

「お待たせ、行こうか」

久保がみどりに声をかけ、ふたりは一緒に出て行った。

秀雄は吹っ切ったつもりだったが、久保と一緒にいるみどりを見て、心が痛くなった。

「中村先生、どうしたの？　熱くなっちゃって」

麗子は明るく冗談めかして言った。

「……似合いませんかね」

「全然、似合わない」

秀雄はつられて笑った。

「失恋でもした？」

「え……」

「私の目はごまかせないの。仕事に八つ当たりなんかしちゃダメよ」

麗子はさりげなく秀雄を励ましたつもりだった。

「それはちょっと違うんですけど……」

秀雄は力なく言って微笑んだ。

「俺たちって、ずっとこのまま、久保先生、みどり先生って呼び合うのかな」

久保はイタリア料理を食べながらみどりに言った。

「変ですか？」

みどりはたずねた。

「うん。たとえば、結婚したら変なんじゃない。——あ、でもいいのか、結婚したら、いちいち呼び合うこともないだろうし」

「どういう意味ですか」

「夫婦って、ねえ、で済むもんじゃない？　子どもができたらパパ、ママって呼び合うようになるわけだし」

久保の言葉を聞きながら、みどりは秀雄のスピーチを思い出していた。秀雄はみどりと同じことを考えていた。が、よくあることなのだろうとみどりは自分に言い聞かせていた。

みどりは久保と別れてからも、中村秀雄のことを考えていた。久保と一緒に過ごすのはそれなりに楽しかったが、それ以上の感情はなかった。みどりの心にひっかかっていたのは、中村秀雄のことだった。中村先生だったらどう思うだろうと、いつの間にか考えている自分に驚いていた。

「みどり、つき合ってよ」

家に帰ると、父がワインを開けているところだった。

「でも、おなかいっぱい」

「いいものあるんだけどな」

秋本は上等なブリーチーズを出して見せた。

みどりはとたんににっこりと微笑んでテーブルについた。

「あ、このグラス、この前の結婚パーティの引き出物ね」

「うん。こういうもんはどんどん使わないと溜《た》まる一方だから」

秋本はワインをみどりのグラスに注いだ。

「そういえばさ、パーティのスピーチで、彼、みどりと同じこと言ってたな。おじいちゃんおばあちゃんになってもお互いを名前で呼び合いたいって」

父が急に言い出した。

「ああ、中村先生ね。ま、誰でも考えそうなことよね」

みどりは軽く言いながら、また中村秀雄のことを思い出してしまった。

「そうお？」

父はなぜか残念そうに言う。

「このチーズ、もうないの？」

みどりは話題を変えた。

「もっと切ろうか」

父はキッチンに立って、チーズを切り分けた。

みどりは秀雄のことが気になり始めていた。が、それは、同僚としてなのか、異性としてなのか、まだわからなかった。


「母さん、僕、母さんに話さなきゃいけないことがあるんだ。落ち着いて聞いてほしいんだけど――」

秀雄はアパートの部屋で練習している。メモ用紙の下書きを読み上げるのだが、次の言葉が出てこない。秀雄はペンを置くと、神妙な顔をしてビデオカメラの前に座った。

「2月13日、母さんに言わなきゃいけないことは、なかなか言えない。生徒たちに言いたいことは、言わせてもらえない」

秀雄はもどかしそうに言って、しばし無言になった。

「時間だけは過ぎていく」

次の日、雅人は何ごともなかったかのように萌の机に近寄っていった。

「今日さ、塾終わったら、ウチこない？　親、親戚《しんせき》んチに行ってていないからさ」

「行くわけないでしょ」

萌は冷たくあしらった。

「なんか怒ってる？」

雅人は笑って機嫌を取るように言った。

「あたりまえでしょ。もう雅人なんかにつき合ってらんない」

「なんで？　いいじゃんいいじゃん」

萌は教壇に上がると、教卓をバシンと激しく叩《たた》いた。

2年G組の生徒たちは萌に注目した。

「私、雅人と別れたから」

萌が言うと、一瞬教室がシーンと静まり返った。

「だから何？」

栞がテキストから顔をあげて、迷惑そうに言った。

「いちいち破局を宣言するなよ」

均は興味自体なさそうに数学の問題を解いている。

「ホントに別れたの？」

りなは信じられないといった顔で萌にきく。

「うん、今ね」

萌は答えた。

「なんかあったの？」

りなはたずねた。

「別に」

萌は妊娠騒動のことなどとても言い出せなかった。

秀雄は職員室で書類の整理をしていた。机の上には昨日却下された性に関する資料が束になっていた。秀雄は資料を手にとると、ゴミ箱に捨てようとしたが、思いとどまった。

秀雄は資料を見つめていた。

その日の昼、天気がよかったので、久保と赤井と岡田はグラウンドに出て弁当を食べていた。赤井の弁当は愛妻弁当だった。ごはんの上にハート型のにんじんなどが載っている。

「熱くなってる中村先生にはついていけないなあ」

岡田がふとこぼした。

「ホントはさ、君が一番熱くなんなきゃいけないんだよ」

赤井が言った。

「一番若いからですか?」

「いっそのこと、結婚しちゃえば?」

「はあ?　意味、わかんないんですけど」

「いいのいいの。赤井先生、新婚ボケだから」

久保がツッコミを入れた。

「おいしー」

「幸せだよなー、赤井先生は」

「岡田先生だって、彼女くらいいるんでしょ?」

赤井がからかうように笑った。

「……いません。ほかの男に取られました。その男っていうのが僕と同じタイプで、それを知った時にはすごくショックでしたよ」

「俺は、自分と正反対のタイプに取られたほうがショックだけどな」

久保が言った。

「またあ、取られたことなんてないくせに」

「あるよ」

久保はこともなげに答えた。

「久保先生と正反対のタイプって、どんな感じなのかな?」

岡田は首をひねっていた。

その日の放課後、中村秀雄は田岡雅人を呼んで進路指導をしていた。

「進路相談をする前に確認したいことがあります。もう二度と妊娠の恐れのあるようなことはしませんよね」

「はい、大丈夫です。もう別れましたから」

雅人はしおらしく言った。

「君、本当にわかってます？　妊娠というのは命が芽生えるということですよ」

「あの、これから塾があるので、早く進路の話をして下さい。僕、やっぱり医学部を目指したいんですよ」

「……でも、勤務医は給料が安くて嫌だと言ってましたよね」

「開業医の娘と結婚するっていう手もありますし。とにかく、医者になってから金持ちになる方法は考えますよ。――この前、先生が薦めてた医学部ってどこでしたっけ？　考えてみようと思うんです」

「医者は、命を扱う仕事です」

秀雄はきっぱりと言った。

「僕はもう、君に医者になることを薦めようとは思ってません」

「僕が患者だったら、田岡くんみたいな医者には、絶対に診てもらいたくはありません。君に、医者になる資格なんかありません」

秀雄の言葉に、雅人は憤慨した表情で教室を出て行ってしまった。

「——田岡くん、最後まで話を聞いて下さい」

秀雄は階段を駆け降りようとする雅人を追った。引き留めようと肩を摑もうとした時、雅人は秀雄の手を振りきろうとして、突然バランスを崩した。

「あっ——!」

雅人は足を踏み外して、階段の下まで転げ落ちていった。


「どうしてこういうことになるの?」

病院の廊下で古田教頭は渋い顔をしていた。秀雄はただ頭を下げるしかない。

やがて、雅人が松葉杖《まつばづえ》をついて診察室から出てきた。

「くるぶしにヒビが入っていました。全治三週間だそうです」

付き添っていた母親が険しい顔で言った。

「本当に申し訳ございません」

教頭は深々と頭を下げた。

秀雄も一緒に謝った。

「一体どういうことなんです？　生徒を突き落とすだなんて」

母親は一方的にまくし立てた。

「え、突き落とす？」

「ね？　突き落とされたんでしょ？」

母親に詰問され、雅人は黙ってうなずいた。

病院から戻ると秀雄は古田から事情聴取を受けた。

「君、わざとじゃないって言うけど、この前も田岡くんの胸ぐらを摑んだよね？　君の言葉を信じないわけじゃないけど……」

教頭は頭を抱えている。

「わざとじゃなくても、怪我をさせたのはまずいわよ」

麗子が言った。

「それに、十七歳の高校生に、医者失格はないよ」

久保が付け加えた。

「実際、医者になるのは、七年か八年先だろ？　それまでに、医者にふさわしい人格っていうのは備わる可能性は充分あるわけだし……」

「……僕は、今すぐに、そういうことを考えてほしかったっていうか——」

秀雄は自分の気持ちをうまく説明できなかった。

みどりがそんな秀雄を心配そうに見ている。

「君の言動に行き過ぎがあったことは間違いない。怪我をさせたことも事実だ。それも、よりによってPTA会長の田岡さんの息子とは……」

田岡親子に謝罪の場を設けるまで、秀雄は自宅謹慎を告げられた。その間、2年G組は副担任のみどりが担当することになった。


秀雄はその日、学校に残って、机に向かって書き物をしていた。何度も書いては消し、書き直している。すると、携帯の着メロが鳴り出した。みどりの机の上の携帯だった。

「あの、ケータイ、鳴ってましたよ」

秀雄は戻ってきたみどりに教えた。

「ああ、忘れちゃって。……あ、お父さんからだ」

みどりは着信記録を見て言った。

「すぐかけてあげたほうがいいですよ」

秀雄は微笑ましく思えて、そう言った。

「フフ。大丈夫です。どうせ、夕飯何にするって電話ですから——」

みどりは照れくさそうに言った。

秀雄はみどりと一緒に学校を出た。

「中村先生、こんな時間まで何をしてたんですか？」

「手紙を……田岡くんに伝えたいことを手紙にしようと思って。もう、僕の言うことは聞いてくれないでしょうから」

秀雄はもどかしい思いでいっぱいだった。

「もう、書いたんですか？」

「いえ、どうもうまくいかなくて。……やっぱり、一度拒絶されたら、わかってもらえないものなんですかねえ」

秀雄はどうしていいかわからなかった。

「あの……、私は、びっくりしました。中村先生、私に一度ふられたのに、また気持ち、伝えにきたじゃないですか？　そんなの、初めてでしたから」

みどりは励ましているらしい。

「僕も、初めてですよ」

みどりの誠実な言葉に秀雄は思わず微笑んでいた。

「でも、あの時の中村先生の気持ち、私は、ちゃんとわかったと思ってます」

「それとこれとは全然話が違いますから」

秀雄は肩を落とした。

ふたりはしばらく無言のまま並木道を歩いた。

「あの、中村先生。先生は何をそんなに焦ってるんですか？　まるで、時間に追われてるみたいです」

みどりは思いきって疑問をぶつけてみた。

「それは……確かに、そうかもしれません」

秀雄は苦笑した。

「僕はもう、明日があると思って生きるのをやめたんです」

「それは、先生が死に直面したからですか？　ほら、崖《がけ》から落ちたじゃないですか？」

「あ……はい。そうです」

秀雄は答えた。少なくとも、嘘ではなかった。

「やっぱり……。先生、あの入院の後から変わったみたいでしたから」

みどりが言うと、秀雄はかすかに微笑んだ。

「みどり先生が僕に気づかせてくれたっていうのもあります。この本、覚えてます？」

秀雄は鞄《かばん》から本を取り出して見せた。

「みどり先生が持ってきてくれた本です。僕が、今度読もうと思いながらずっと読まなかった本です。それで、気づいたんです。自分には、やりたいと思ってもやらなかったことがいっぱいあるんだって。だからもう、やるべきことを先延ばしにするのはやめようと思いました。僕は今日やりたいと思ったことは、今日中にやっておきたいんです」

秀雄の言葉を、みどりは黙って聞いていた。

「ありがとうございました」

みどりはなぜか礼を言った。

秀雄は不思議な思いで歩いていた。

その夜、秀雄がアパートの部屋に戻って風呂に入っていると、居間で電話が鳴った。秀雄は慌てて風呂を出たが、留守電に切り替わっていた。

『もしもし、母さんだけど――』

受話器を取ろうとした秀雄の手が止まった。

『町内会の福引きで、電気ストーブが当たったんだけど、秀雄、使わない？　たぶん、いらないと思うけど、もしいるんだったら電話ちょうだい。――じゃあ、風邪引かないようにね。食べるもん、ちゃんと食べてね』

母の電話は、それで切れた。

秀雄は電話に出ることができなかった。秀雄の健康を疑っているはずのない屈託ない母に、どう告げればよいのか、途方に暮れていた。

秀雄は謹慎していてもやることがないので、診察の日ではなかったが病院に行った。

「今日、学校どうしたんですか？」

ナースの畑中琴絵がたずねた。

「ちょっと、問題を起こしまして」

秀雄は金田に一連の事情を話した。

「なるほどね。ま、組織にいると、いろいろあるよね」

金田は診察しながらコメントした。

「先生もですか？」

秀雄は驚いてたずねた。

「そりゃあ、僕だって。ね、畑中さん？」

「そ。いろいろあるんですよ」

琴絵は秀雄に肩をすくめてみせた。

「……僕は、本当に無力ですよ」

「そんなこと言わないでさ。君が信念を貫いていれば、いつかきっと、君に味方してくれる人が現れるよ」

金田はさりげなく力づけるように言った。

秀雄は笑った。金田に話すとなぜか少しだけ心が軽くなる。

金田はふと思いついたように、予言者のようにペンをかざすと、おごそかな顔で言った。

「――その人は、ある日突然やってくる。一番最初に現れたその人を絶対逃しちゃダメだ。その人は生涯を通じて君の味方になってくれるだろう」

「……誰も味方なんかしてくれませんよ」

少しばかり弱気になっている秀雄を、金田はあたたかい目で見つめていた。

秀雄は病院から帰宅したものの、まったく手持ちぶさただった。洗濯を始めたが、機械が回り始めると、あとはやることがなかった。

「電話でもするか」

下書きのメモを取って、思いきって母親に電話をしてみたが、話し中だった。

「……よかった、話し中で」

秀雄はいちいちつぶやきながら、下書きをゴミ箱に捨てた。

すると、電話が鳴った。出てみると古田教頭からで秀雄は明日の放課後に学校に来るように告げられた。

「いいかい。君のおかれている状況は、極めて悪いんだ。誠心誠意謝ることしか手だてはない。君が謝罪すべきことは二点だよ。怪我をさせたこと、医者失格などという暴言を吐いたこと」

秀雄は教頭に何度も念を押された。

応接室に入ると、田岡の母親が険しい表情で秀雄を待っていた。

「今回のようなことは二度と起きないよう努力してまいります。中村も十分反省しておりますので……。本当に申し訳ございませんでした」

教頭に言われるまま、秀雄は深々と頭を下げた。

「あの……僕の不注意により、大怪我をさせてしまったことを深く反省しています。申し訳ございませんでした。それから、医者失格と言ったことですけれど、それも……」

秀雄はそこで言葉を詰まらせ、顔をあげた。

「──お母さん、実は田岡くんに妊娠騒動がありまして──」

「──中村くん、その話は」

教頭がたしなめたが、秀雄は構わず続けた。

「田岡くんが交際していた女生徒が妊娠していると言い出したんです。でも、それは嘘でした。問題は妊娠したかしないかではなく、妊娠するようなことをしたかしないかで──

──」

「失礼な。ウチの雅人がそんなこと――」

「――つまり、彼は妊娠を望まなかったにもかかわらず、妊娠を避ける手段を知っていたにもかかわらず、それをしなかったんです」

「やめてください、聞きたくありません。ウチの子を突き飛ばした上に、侮辱するなんて許せません」

母親は興奮して叫んだ。教頭は渋い顔で、秀雄に部屋を出て行くよう促した。出て行く前に秀雄は封筒を差し出した。

「あの、この手紙、田岡くんに渡していただけないでしょうか」

「渡すわけないでしょう」

母親がはねつけると、秀雄はそのまま席を立って出て行った。

「話になりませんね。理事長に会わせて下さい。中村先生こそ、教師失格なんじゃないですか?」

憤慨して立ち上がった母親に、同席していたみどりが言った。

「あの、お母さん。雅人くんの妊娠騒動は本当ですから――」

母親はバツが悪そうに、みどりをにらみつけた。

教頭は母親をなだめるように、玄関に見送りに行った。

「今のって……かばったの? 中村先生を?」

久保が驚いたようにたずねた。

「……ほんとのことを伝えただけです」

みどりは答えた。


「さっきのあれはどういうこと？　中村先生、このままじゃクビになるよ」

教頭は職員室に戻ると、呆《あき》れ顔で言った。職員たちは残って、ふたりのやりとりを聞いている。

「僕は田岡くんに、間違いに気づいてほしかったんです」

「間違ってるのは行き過ぎた指導をした君なんだよ」

教頭は決めつけるように言った。

「聞いてる？」

教頭が思いつめた表情で黙っている秀雄に声をかけた。

「中村先生――！」

「――僕は、間違ってなんかいません！」

秀雄は突然、椅子を蹴《け》って立ち上がった。

「――あの妊娠騒動が残した問題は、何も解決されてないじゃないですか」

秀雄は思いが込みあげてきた。

「だから今、問題になってるのは、そういうことじゃないだろ！」

「いいですか？　何のケアもせずに性交渉をし、妊娠したら中絶すればすむと安易に考えている生徒に間違っていると指導して、何がいけないんですか？　間違っていると言ってやるのが、僕たち大人の務めじゃないんですか?!」

ほかの教師たちは秀雄の勢いに気圧《けお》されて、なりゆきを見守っている。

「命に関わる大切なことより、進学率を上げる教師のほうが正しいとしたら僕は教師を続ける気はありません！」

秀雄は顔を真っ赤にして力説すると、職員室を出て行った。

みどりは秀雄が蹴った椅子を元に戻していると、ゴミ箱に捨てられた手紙を見つけた。表には秀雄のていねいな字で「田岡雅人くんへ」と書いてあった。

秀雄は椅子を蹴って出てきたものの、ふと不安になって長い並木道の途中で立ち止まった。自分には誰ひとり味方なんていないのだと思うと、ひどく暗澹《あんたん》とした気持ちになった。

「終わった……」

秀雄はひとりで焼き鳥屋のカウンターに座り、もくもくとジョッキを空にしていった。心の中は、前向きに考えるどころか、すっかりへこんでいた。このところ、気持ちが焦るばかりでどうもうまくたちゆかない。誰かひとりにでも気持ちをわかってもらうにはどうしたらいいのだろうか。

「隣、いいですか？」

「はい、どうぞ」

秀雄が顔をあげると、そこにはみどりが立っていた。

「中村先生、ここじゃないかって思って」

微笑みながら隣に座るみどりを秀雄は不思議な思いで見た。

「あ、それおいしそうですね」

みどりは秀雄の皿に残っていたネギマをおいしそうにほおばると、言った。

「中村先生の思いは間違ってないと思います。そのことをどうしても今日中に伝えたかったので」

みどりはすっきりとした顔で告げると、メニューをながめ始めた。

――みどり先生は、僕に味方してくれる一番最初の人なのだろうか。

秀雄は少し酔ってぼんやりする頭で考えた。

――僕にはどうしてみどり先生が隣にいるのか、よくわからないけれど、ひとつだけわかっていることがある。

みどりはまだ真剣にメニューを見つめている。

――それは、みどり先生が砂肝をオーダーすることだ。

秀雄は耳をすませて、みどりの言葉を待った。

「砂肝二本下さい――」

みどりが言う隣で、秀雄はにんまりと笑った。

5

「昨夜はすみませんでした。ごはんの約束をしていたのに」

みどりは久保に詫《わ》びた。みどりは久保との約束をすっぽかして、秀雄のいる焼き鳥の店に行ったのだった。

「急用だったんでしょ。今夜は？　もう予定入ってる？」

久保は矢継ぎ早に切り出したが、みどりは硬い表情のまま答えなかった。

「あの、久保先生にお話ししたいことがあるんです。放課後、いいですか？」

「うん、わかった」

久保は大した話ではないだろうと、軽い気持ちでうなずいていた。

職員室では教師たちが秀雄の噂をしていた。昨日、椅子を蹴って帰ったまま、まだ登校してこない秀雄が、このまま学校を辞めてしまうかと思っていたのだ。

「いい教師になりたいのはわかるけど、理想通りになんかいかないんだから。もっと大人になればいいのよ」

麗子は肩をすくめた。

「大人になるって、悲しいですね」

岡田が肩を落とした。

「だよね。子どもの頃は早く大人になりたかったけど、思ったよりつらかったね、大人って」

赤井がしきりにうなずきながら腕を組んでいる。

「学校側は、中村先生をどう判断するんだろうな」

久保がボソッとつぶやいた。

「あのPTA会長はクビにしろって勢いなんでしょ？」

赤井は悔しそうな顔をした。

秀雄は意外にも、やけにすがすがしい顔で登校してきた。

「あ、中村先生——」

みどりの顔が輝いた。

「まさか辞表出しに来たんじゃないわよね」

麗子がおそるおそるたずねた。

「いいえ。やっぱり僕は教師を続けたいんです」

秀雄は昨日の剣幕が嘘のように、穏やかな声で言った。

が、古田教頭は朝のミーティングで、苦々しい顔で職員たちに告げた。

「今日、理事長が田岡さん親子と直接話をするそうです。中村先生の処分が決定するまで、G組はみどり先生に担任を引き続き代行してもらいます」


「あの、昨日はありがとうございました」

朝のミーティングが終わると、秀雄はみどりに礼を言った。

「え……ああ、こっちこそごちそうになっちゃって、ありがとうございました」

みどりのほうはまったく意識していなかったが、秀雄はみどりに救われた思いでいっぱいだった。

昨日、みどりはどうして自分のところに来てくれたのだろうか。秀雄が職員室に残って、ひとりであれこれ考えていると、麗子がやってきた。

「何考えてるの？」

「え、別に」

秀雄はふっと我に返った。

「当ててあげる」

麗子は秀雄に耳打ちした。

「——当たり？　フフ。私の目はごまかせないの」

「……まいったな」

秀雄は、麗子の名推理に顔を赤らめた。

放課後、みどりは久保を呼び出してはっきりと告げた。

「いろいろ考えたんですけど、私、久保先生と結婚を前提にしたおつきあいはできません」

「どうして？」

久保はまったく予想していなかった展開に、動揺している。

「前に久保先生言ってましたよね。昔つきあってた彼女から結婚の話が出たって。でも、どうしても彼女との結婚生活のイメージわかなくて別れたって」

「あ、もしかして彼女のこと気にしてるの？　もう終わった話だよ」

「そうじゃありません。私も、久保先生との結婚生活ってイメージわかないんです」

みどりはストレートに本音を言った。

「……わかった、とりあえず距離をおこう」

久保は動揺を抑えきれず、そう言うのがやっとだった。

「ねえ、好きな人でもできた？」

久保は最後に何気なくたずねてきたが、みどりは一礼してその場を立ち去った。

その晩、みどりは久々に父と鍋《なべ》を囲んでいた。

「今日、田岡さんと話したんでしょ。どうだった？」

「どうって？」

「田岡くん、階段から突き落とされたって言ってたと思うけど、私はそれって嘘だと思うの」

「あら｜？　どういう風の吹き回し？　家では絶対学校の話をしたがらない人が。――出《だ》汁《し》、足してくれる」

父は話をはぐらかした。

「これ読んで」

みどりは封筒を差し出した。

「中村先生が田岡くんに渡そうと思って渡せなかった手紙」

「中村先生に頼まれたの？」

「ううん。中村先生はこれをゴミ箱に捨てたの」

「ってことは、みどりはこれをゴミ箱から拾ったのか？」

父は呆《あき》れたように言った。

「……とにかく、中村先生が田岡くんのことを医者失格って言ったり、怪我させちゃったのは言いたいことをうまく伝えられなかっただけなの」

「中村先生の処分についてみどりと話すことは何もないよ」

秋本はそう言いながらも、みどりがこのところ気にしている様子の中村秀雄という男に興味を持ち始めていたのだった。


その頃、秀雄はビデオ日記に向かっていた。

「2月19日。田岡くんの件の処分が決まるのを待っている。こんな状況だけれど、とんでもないと言うか、僕はノーテンキな空想をしてしまった。しかも、麗子先生にばれてしまった。その空想っていうのは——やっぱりやめておこう」

秀雄はビデオを止めながら、また思い出して顔を赤らめていた。

秀雄は、みどりとのキスをひそかに空想していたのだった。


翌日、職員室の電話は朝から鳴りっぱなしだった。

「失礼ですがどちらさまですか？」

「住所も電話番号もお教えできません」

職員たちは電話の対応に追われっぱなしだった。

「いったいなんだよ、朝から」

教頭がうんざりした顔で言った。

「やっぱり全部、黒木愛華の住所と電話番号を教えてくれっていう電話なんですか？」

秀雄がたずねると、みなうなずいたが、理由がさっぱりわからなかった。

「あのう、電話の理由はこれじゃないかって……」

岡田が気まずそうな顔で机の中からアイドル雑誌を取り出した。教師たちは岡田のまわりに集まって雑誌を見た。そこには、アイドル風に笑顔を作った黒木愛華の制服姿のスナップ写真が掲載されていた。名前と学校名も載っている。

「どうしてこんなところにウチの生徒が？」

驚いて何度も雑誌をながめている教頭に、岡田が解説した。

「街歩いてて声かけられたんじゃないですか？　ウチは有名な進学校ですから、一応、ブランドっていうか——」

雑誌は生徒たちの間でも話題になっていた。

みどりは愛華を呼んで、くわしく事情をたずねた。

「どうしても雑誌に出たかったんです」

愛華は笑顔で言った。

「ちょっと軽率だったんじゃない。学校にあなたの住所を教えてくれっていう電話が何本もかかってきたのよ」

「それって、私のこと、気に入ってくれたってこと？」

愛華はうれしそうに身を乗り出した。

「ストーカーでもされたらどうするの？」

「あっ、怖ーい」

「どうしてそういうことわかんないかな。もう、学校名や名前を出したりしないでよ」

みどりはいっこうにこりない様子の愛華を見て、ため息をついた。

みどりは放課後、秀雄の代わりに杉田めぐみの進路指導をしていた。

「志望校、まだ決めてないみたいね」

「はい」

「どんなことを迷ってるの？」

みどりは親身になってたずねたけれど、めぐみは黙ったきり、何も言わない。

頑《かたく》なというのか、めぐみは一度決めたら貫くという意志の強い性格だ。

「話してくれないと何も言ってあげられないけど」

みどりはなんとか聞き出そうとしたが、結局めぐみは何も言わなかった。

「進路指導？　相談に乗ろうか」

浮かない顔で職員室に戻ったみどりに、久保が声をかけた。

「いえ、大丈夫ですから」

みどりはしばらくの間、困ったように杉田めぐみの白紙の希望用紙を見つめていたが、帰り支度を始めた秀雄を呼び止めて、相談することにした。

「杉田さん、志望校を決めてないんです」

「まだ決めてませんでしたか――」

秀雄は言った。

「杉田さんだけは、僕の生物の授業を聴いてくれるんですよね。ほかの生徒たちは英語や数学の勉強をしているんですけど――」

みどりは秀雄の言っている意味がわからなかった。

「つまり、杉田さんは、大学を受験する気がないんじゃないでしょうか。僕が言うのもなんなんですけど。もしかしたら、やりたいことがあるのかもしれませんね」

「やりたいこと……」

みどりはめぐみに率直にきいてみようと思った。

「もしかして、大学には行かないつもり？」

翌日、みどりは杉田めぐみにたずねた。

めぐみは何か思い当たるように身を硬くした。

「ねえ、何かやりたいことがあるんじゃないの？」

みどりがさらにたずねると、めぐみは黙ったまま否定もしなかった。

「やっぱりそっか。中村先生の言うとおりだったな」

「中村先生が……」

めぐみはつぶやいた。

「どうして言ってくれなかったの？」

「反対されるの、わかってるから」

「どんなことなの？」

「言いたくありません」

「どうして？　大きな夢なのかな」

みどりが矢継ぎ早に質問すると、めぐみはうんざりしたような顔で、立ち去ってしまった。みどりは教師として、生徒に心を開かせることができず、落ち込んでいた。

放課後、みどりは秀雄に杉田めぐみの件を報告した。

ふたりは体育館の下の螺旋《らせん》階段にもたれて、話し合っていた。

「やっぱり杉田さん、やりたいことがあったんですね」

秀雄はみどりの話を聞いて微笑んだ。

「どんなことかは教えてくれませんでした。夢を軽く口にしたくない気持ち、なんとなくわかりますけどね」

みどりは微笑んだ。

「私にも、昔、夢があったなあ」

「どんな夢ですか?」

「ピアニスト。小学校の頃の話ですよ。中村先生は?」

「いや、僕は――。笑っちゃうようなことですから」

秀雄ははにかむように言ってうつむいた。

「いいじゃないですか」

「じゃあ、笑わないって約束してくれますか?」

「そんなこと、約束できません」

みどりはすでに笑いをこらえている。

「みどり先生、絶対笑うんだろうなあ」

「今のところ、笑う気、満々です」

「きっと、期待にこたえられると思いますよ」

秀雄は笑った。

「歌手です。テノール歌手」

秀雄は恥ずかしそうに答えた。

「中村先生が？」

「はい」

「ちょっと笑えます」

「でしょ？」

「嘘です。ほんとはすごく笑えます」

「やっぱりなあ」

秀雄とみどりは愉快そうに笑い合った。

「どんな歌を歌ったんですか？」

「そうですねえ、『乾杯の歌』とか」

それを聞くと、みどりは秀雄をせき立てるように白い巻貝のような螺旋《らせん》階段をのぼって体育館に連れて行った。

「歌って下さい」

みどりはグランドピアノで『乾杯の歌』の一節を弾き始めた。

「いや、そんな、やめましょうよ」

「私のピアノじゃ歌えないっていうんですか?」

みどりはけしかけるように言って微笑んでいる。

「まいったなあ」

秀雄は言いながらも、やがて楽しそうに歌い始めた。

みどりは自分でも気づかないうちに満面の笑みを浮かべていた。

ふたりの間に穏やかな時間が流れた。

廊下を歩いていた久保がピアノの音に足を止めた。体育館をのぞくと、秀雄とみどりの姿を発見した。久保は楽しそうなふたりの雰囲気に驚き、黙って立ち去った。

その頃、秋本は理事長室で田岡親子と話していた。

「怪我の具合はいかがですか?」

秋本は雅人にたずねた。

「まだ痛いです」

雅人は殊勝な様子で答えた。

「痛むのは、足だけですか?」

「はい」

「本当ですか? 一般的には、胸が痛むものですよ。嘘をついた時には——」

秋本がじっと見つめると、雅人は堪えられなくなったようにうつむいた。

「すみません……。嘘なんです。僕は自分で足を踏み外しました」

雅人はついに本当のことを明かした。

「でも、中村先生は暴言を吐いたんです」

なおも息子をかばおうとする母親に秋本は一通の手紙を差し出した。

「これを、雅人くんと一緒に読んで下さい。この手紙を読めば、中村先生がなぜ、雅人くんに医者失格と言ったかがわかると思います――」

秋本は戸惑っている雅人の母親をまっすぐに見て言った。

「私は、中村先生の指導が行き過ぎだったとは思っておりません」


雅人は家に帰って、手紙を読み始めた。

『医者を目指している田岡雅人くんへ
僕は、医者になりたいという君に、お願いしたいことがあります。僕は君に、病気しか診ない医者にはなってほしくありません。
患者の中には、命に関わる問題を抱えた人もいるでしょう。たったひとりで病気と向き合っている人もいるでしょう。怖くて怖くてしょうがない人もいるでしょう。

つまり、病気の痛みだけでなく、心の痛みもわかってあげられる医者になってほしいんです。

その為には、まず、命の尊さをわかってほしいんです。

今の君は、命の尊さをわかっているとは思えません。

まずは、君自身の命のことを、たった一つしかない君の命のことを、よく考えてみて下さい。僕は君が必ずわかってくれると、信じていますから――』

雅人は読み終えると、神妙な顔で手紙を見つめていた。

「明日から元通り、生徒の指導にあたって下さい」

秋本は秀雄を理事長室に呼んで言った。

「あの、処分は――」

「何もありません。手紙を、読ませてもらいました」

「手紙？」

「あなたが田岡くんに書いた手紙です。差し出がましいと思いましたが、田岡くんに渡しておきましたから」

「あの、どうして理事長がその手紙を――」

「手紙を拾った先生が僕のところに届けてくれました」

「みどり先生ですか？」

秀雄がたずねると、理事長は黙ったまま微笑んだ。


「先生の予言、当たりましたよ――」

秀雄は診察室でうれしそうに金田に報告した。

「僕に、味方ができたみたいなんです」

「ほらね、だから言ったでしょ」

「その先の予言も当たるんですかねえ」

「なんだっけ」

金田はすっかりとぼけている。

「最初に味方になってくれた人は、生涯を通じて僕の味方になってくれる人だって……。

先生、忘れたんですか？」

「ああ、あれは嘘」

金田は笑った。

「ねえ、それより、その人には打ち明けられない？　病気のこと」

金田は真剣な目でたずねた。

「ダメです、絶対できません。その人だけには絶対に同情されたくないんです」

秀雄は顔を真っ赤にして言い張った。

「その人って女性なんだ」

金田はピンときたような顔をした。

「え……ああ、まあ」

秀雄は当てられて焦った。


秀雄が病院を出ると、入れ違うように、みどりが友人の見舞いに花束を持って訪れた。

「あ、あなたは確か、秋本さん？」

金田が廊下でみどりを見かけて会釈した。金田がそのまま通り過ぎようとすると、みどりが呼び止めた。

「あの――、先生は私のことを中村先生の特別な人だと思ったみたいですけど、どうしてですか？」

「そんなこと言ったっけ？」

金田はとぼけている。

「じゃあ、その時はそう思ったんだろうね。どうしてだかはわからないけど」

金田が言うと、みどりは何か思い当たるような顔をした。

「……あ、すみません、変なこと聞いて」

みどりは一礼して去っていった。

「今の方、どなたでしたっけ？」

ナースの畑中が金田にたずねた。

「彼の、運命の人」

金田は冗談めかして答えると、愉快そうに歩いていった。


その晩、みどりは父と一緒に食卓でカレーライスを食べていた。

「ありがとう、中村先生のこと」

みどりはカレーの皿を見ながら礼を言った。

「言っとくけど、おまえに言われたからじゃないからな」

父は水を飲んだ。娘も同時に水を飲んでいた。

「辛いな」

「うん」

ふたりはカレーを食べた。

次の日、秀雄は出がけに薬を飲み忘れたことを思い出して、まわりに人がいないか確かめてから、学校の給湯室でカプセルを飲んでいた。

「先生——」

呼びかけられて、秀雄は慌てて薬袋をポットの陰に隠した。

「手紙、読みました」

雅人が言った。

「私も」

隣にいた萌が言った。

「すみませんでした」

ふたりは一緒に頭を下げた。

「怪我、早く治して下さい」

秀雄は微笑んだ。

去っていくふたりを見て、秀雄はうれしかった。時間はかかったけれど、全部ではないかもしれないけれど、自分の思いは伝わったような気がした。

「中村先生——」

今度はみどりが給湯室にやってきた。

「黒木さんが学校を辞めたいそうです」

「え、どういうことですか?」

秀雄は大急ぎで職員室に戻った。

病院の薬袋は給湯室に置き去られていた。


「私、タレントになるんです」

黒木愛華は職員室で、瞳《ひとみ》を輝かせた。

「芸能プロダクションの人が雑誌を見て声をかけてくれたんです」

「ご両親は賛成してくれてるんですか?」

秀雄はたずねた。

「まさか。私がそう決めたんです」

「そんなに簡単に決めていいの?」

みどりが言った。

「だって、チャンスなんですよ。いちいち考えてたらチャンスなんてあっという間に通り過ぎちゃいます」

愛華ははずむような声で言って、職員室を出て行った。

「……若いっていいわねえ。やりたいことに突っ走れて」

麗子がうらやましそうに言った。

「退学なんてさせないよ。それが彼女のためなんだから」

教頭が言った。

「決めつけちゃっていいんですか？」

麗子はたずねた。

「常識的かつ現実的に考えりゃ、答えはひとつだよ」

教頭は自分の裁定に得心している。

「僕も、大学に進学するのがいいと思うよ」

赤井は教頭の考えを支持した。

「俺は、芸能活動と学業を両立させてほしいな」

久保は折衷案を出した。

「それは、難しいと思いますよ。僕が知ってる限りじゃあ」

岡田が首を振った。

「中村先生はどう思いますか？」

みどりがたずねたが秀雄は何か考え込むように黙っていた。


「生物の授業を始める前に、進路についての話を少しだけさせて下さい」

秀雄が言った。みどりは副担任として、教室の後ろで聞いている。

「ほとんどの人が大学進学を希望していると思いますが、中には自分の夢を追いかけたいと思っている人もいるでしょう」

秀雄の言葉に、めぐみと愛華がパッと顔をあげた。

「夢には、勉強すれば必ず叶《かな》うものもありますが、そうでないものもあります。努力だけでなく、才能や運も必要とされるのです。そういった夢を摑《つか》めるのは、ほんのひと握りの人です。宝くじに当たる確率のほうがよっぽど高いんです。夢が叶わなかった時のことを考えてみて下さい。夢のために費やした時間は無駄になってしまうんです。ですから、いくら自分がやりたくても、どうなるかわからない夢を追いかけるのはどうかと思います。夢が叶わなかった時に、後悔するのはあなたたち自身なんですから――」

秀雄は話を終えると、生物の授業に移った。

みどりは教室を出ながら、秀雄の話に釈然としない顔をしていた。


授業が終わると、愛華が秀雄のところに来た。

「退学の話、なかったことにしてくれませんか？」

「ずいぶん、あっさり取り消すんですね」

秀雄は言った。

「よろしくお願いします」

愛華は一礼して去った。

「──なんだったんでしょうね」

様子を見ていたみどりが呆《あき》れている。

「でも、さっきの進路指導なんですけど、あれが中村先生の考えなんですか？」

秀雄が言いよどむと、杉田めぐみが怒った顔で立っていた。

秀雄とみどりは場所を屋上に移して、めぐみの話を聞くことにした。

「私は、自分の夢をあきらめるつもりはないから」

めぐみはきっぱりと言った。

「ご両親は賛成してらっしゃるんですか？」

秀雄がたずねると、めぐみはうつむいてしまった。

「その夢が何かは知りませんが、きっとほんのひと握りの人間にしかなれないようなことじゃないですか？」

秀雄は挑発するように言った。

「私はそのひと握りに必ず入ってみせます。そのために歌の勉強もするし、努力もします」

めぐみは言い切った。

「歌。……歌手になりたいんですか？」

秀雄がたずねると、めぐみはうなずいた。

「でも、ご両親は反対なんですよね。自分の好きなように生きるには、経済的に自立していないといけませんよ」

「両親に勘当されたとしても、私の決心は変わりません。アルバイトだってしますし」

「なんとかなるなんて思ったら大間違いです――」

「――なんとかなるなんて思ってません。私は必ず自分の手でなんとかします」

「歌手になれなかったら？」

「そんなことは考えてません。絶対なります。もし、なれなかったとしても、やるだけのことをやったと思えれば、後悔なんてしません」

「本当にそんなふうに思ってるんですか？」

秀雄が念を押すようにたずねると、めぐみは気丈にうなずいた。

それを見て、秀雄は急に険しい表情を解いて、微笑んだ。

「それだけの気持ちがあれば、あなたは夢を追うべきだと思います。誰かに反対されて、決心が揺らぐようなら止めたほうがいいと思います。でも、あなたは違いました」

「先生……」

めぐみは秀雄の言葉にホッとして、泣き出しそうな顔になった。

「杉田さんは、どんな歌を歌いたいんですか？」

「聴いている人たちを吸い込んじゃうような歌を……。あ、言ってる意味、わかりませんよね」

はにかみながら言うめぐみを見ながら、秀雄は微笑んだ。

「いえ、僕は、歌に吸い込まれたこと、ありますから」

秀雄は十二歳の頃の自分を思い出していた。

「いつからなりたいと思ったんですか」

「小学校の時から」

「そうですか。必ず、歌手になって下さい。……僕のためにも」

秀雄は思わず言っていた。

めぐみはうれしそうに一礼すると、教室に戻って行った。

「杉田さんが生物の授業を聴いていたのは、大学受験をしないからだけじゃないみたいですね」

ふたりのやりとりを聞いていたみどりが言った。

「何か、中村先生に感じるものがあったんじゃないですか」

みどりは言いながら、自分の中に芽生えた気持ちに確信を持っていた。

「黒木さん、退学はしないことになりました」

秀雄は職員室に戻ると、教頭に報告した。

「もう？　ま、とにかくよかった。芸能人になるなんて、無理な話なんだから」

教頭はホッとしている。

「でも、杉田さんは歌手を目指すんですよ」

みどりは微笑みながら付け加えた。

「馬鹿な。大学に行くよう、説得してよ」

教頭はふたたび慌て始めた。

「そのつもりはありません」

秀雄は言った。

「杉田さんを見ていて思ったんです。歌手にチャレンジすることをしなかったら、絶対後悔するだろうって。僕は、夢が叶うかどうかより、後悔するかしないかのほうが大切なような気がするんです」

「私もそう思います」

みどりが同意するのを見て、久保が気に入らないといったふうに立ち上がった。

「中村先生さ、すごくいいこと言ってるように聞こえるけど、それってきれいごとなんじゃない？　俺は、夢って、叶わなくちゃ意味がないと思うけど」

「そうですね。そうかもしれません。正直に言うと、どういう進路指導が一番正しいかなんて、僕にはわかりません。いえ、もっと言うと、教師が進路指導をしていいのかさえ、わかりません」

「わからない？　それで生徒たちの将来をちゃんと考えてるって言えるのかな」

「将来を考えるから、わからなくなるんですよ」

「どういう意味？」

久保にきかれて、秀雄は黙り込んだ。そして、少し考えてから言った。

「……僕の友人に、将来のことばかりを考えていた男がいます。……彼は、人生八十年のつもりで生きてきました。将来のことを考えてとても堅実な道を歩いていました。今欲しいものをガマンして、将来のために貯金をしました。本当はこってりとした食べ物が大好きでしたが、将来の健康を考えて、たまにしか食べないようにしました。海外旅行はハネムーンや老後の楽しみとして、一度も行ったことがありませんでした——」

「——何が言いたいんだよ」

久保は秀雄の話が見えなかった。

「……彼はある日突然、あと一年しか生きられないと知ったんです」

秀雄は静かに話のオチを告げた。

「将来のことを考えるのは、とても大切なことです。でも、将来を考えすぎて、今を見失ってはいけないんじゃないでしょうか——」

「僕、偉そうなこと言っちゃいましたかねえ」

帰り道、秀雄は並木道を歩きながら恥ずかしそうにみどりにたずねた。

「いえ、全然。……そのお友だちって、今、どうしてらっしゃるんですか？」

「前向きに生きてますよ」

「そうですか」

「あ、そうだ、みどり先生、ありがとうございました。田岡くんの件で、僕が処分を受けずにすんだのは、みどり先生のおかげなんですよね」

秀雄は話題を変えた。

「私は理事長に手紙を渡しただけですから」

みどりは照れながら微笑んだ。

「お礼っていうのもなんですけど、これから中華街に麻婆《マーボ》豆腐を食べに行きませんか？」

秀雄は思いきって誘った。

「麻婆豆腐!?　辛かったらうれしいんですけど」

みどりがうれしそうに言った。

「激辛です」

秀雄は笑った。

「おいしかったです」

みどりは店を出ると笑顔で言った。

「そう言ってくれると思ってました」

秀雄はうれしかった。

「また行きましょうね」

「え、いいんですか？」

秀雄が意外に思ってみどりを見た。

「私、中村先生のこと、好きですよ」

「え？」

「誤解しないで下さいね。好きっていう意味」

「もちろんです。僕はそんなにおめでたい男じゃありません。ちゃんとわかってますから。仕事帰りの食事はオッケーで、日曜日の映画はダメ。好きっていうのは、同僚としてってていう意味ですよね」

「やっぱり誤解してる。――こういう意味です」

みどりは言って、秀雄に素早くキスをした。

秀雄は驚きのあまり、その場に固まって動けなくなった。

「今度の日曜日、映画にでも行きませんか？」

みどりが先に歩き出しながら言った。

「はい」

秀雄はみどりの後を歩き出した。

「うわあ、きれい――」

みどりが空を見上げて言った。ビルの間にうっすらと光るまんまるな月が浮かんでいた。

「ほんとだ」

秀雄は見上げながら、自然に愉快な笑いがこみあげてきた。

――わからなかった。どうしてこんなことになったのか。思いつくことといったら……

満月の夜に何かが起きるっていうのは、本当らしいってことだ。

ふたりはうつくしい月を見上げながら、ゆっくりと並んで歩き始めた。


その頃、学校に残って試験の採点をしていた麗子は、給湯室で秀雄の忘れていった薬袋を見つけていた。

「この薬――」

麗子は何気なく中の薬を見て、顔色を変えた。

6

太田麗子は給湯室から自分のデスクに戻ると、ショックのあまり、しばらく動くことができなかった。中村秀雄の薬袋に入っていたのは抗ガン剤だった。それは、麗子の身内が飲んでいた薬と同じものだった。このことは誰も知らないのだろうか。このところの秀雄の変化を考えると、納得がいくところがあった。麗子が職員室のデスクでぼんやりしていると、秀雄が職員室に戻ってきた。

「あ……。僕、忘れ物を取りに」

秀雄は麗子に向かって微笑んだ。

「そう……」

麗子は答えながら、心の中ではすっかり動揺していた。

「あ、ちょっと……。あの……雨、降ってる？」

麗子は呼び止めたが、秀雄に病気のことを問うことはできなかった。

秀雄は軽く会釈して、職員室を出て行った。健康そうな表情だった。

みどりは風呂《ふろ》から上がると、リビングの床に座って、長い髪をタオルで拭《ふ》きながら、秀雄のことを考えていた。みどりはふと、棚に飾ってある母の写真に目をとめた。

「お母さん――。お母さんは、私が久保先生と一緒になればいいと思っていたみたいだけど、それはないと思う。ごめんね……」

みどりは母の写真に語りかけていた。

すると、いつの間にかみどりの後ろにパジャマ姿の父が立っているのに気づいた。

「……お母さん。僕は、お母さんが久保先生を気に入ってたと、みどりに嘘をついた」

父は申し訳なさそうな顔で写真に語りかけた。

「――嘘？」

みどりは驚いた。

「ゴメン。僕が久保くんがいいと思ったものだから、つい……。すみませんでした」

「私、久保先生には、おつきあいを断ったから」

「そうか」

「えっ、それだけ？　なんか調子狂うんだけど」

みどりは拍子抜けしてしまった。

「みどりが、この人だと信じた人を、僕も信じるから」

父は言って、みどりに微笑んだ。

それから、秀雄とみどりの、楽しく穏やかな日々が続いた。ふたりは毎日のようにデートを重ねていった。日曜日に映画を観に行ったり、お好み焼きを食べたり。遊園地に行ったり、回転寿司《ずし》やカラオケにも行った。

秀雄は生物の授業にも楽しさを見出していた。相変わらず杉田めぐみしか聴いていなかったが、授業には秀雄なりのリズムが生まれていた。

しばらく経ったある日、秀雄は授業を終えたばかりの麗子に相談があると言って屋上に呼び出した。

「麗子先生だけは、もうお気づきかと思いますが……」

秀雄が切り出した。

「あの、僕が、みどり先生を好きっていうこと——」

秀雄は照れながらこのところのみどりとのデートの様子を告白し出した。

「じゃあ、僕、みどり先生の彼氏でいいんですよね。でも、信じられないんですよ。僕、全然、恋人の実感がわかなくて」

「私も……、ちょっと驚いちゃったけど」

麗子は少しホッとした。秀雄に病気のことを告げられると思ったのだ。

「まったく予想のつかないことが起こると、最初は実感わかないもんなんですかねえ。いいことも、悪いことも……」

秀雄は独り言のように言った。

「……悪いことって？」

麗子は思わずたずね返した。

「いえ、別に何も。あ、すみません。こんな話、聞いてもらっちゃって」

「ううん。私、こう見えても口堅いから、どんなことでも相談してよ」

麗子は励ますように言ったが、秀雄が去ると思わず涙ぐんでいた。


その晩、みどりは自宅のキッチンで楽しそうにおにぎりを握っていた。

「玄関の電球、切れてるんだけど。新しい電球、どこにしまったっけ」

父が帰ってきてみどりに声をかけ、おにぎりの皿に気づいて手を伸ばした。

「それ、食べないで。お父さんの分は、あっちのお皿だから」

みどりにたしなめられて、父はがっかりしながら電球のことをたずねた。

「二階の押入れの箱の中」

みどりはしょうがないなあという顔で言った。

「ちゃんと覚えといてよ。私がこの家出たら、どうするの？」

「家出るって……。結婚するのか？」

父はたずねたが、みどりは洗い物に夢中でまったく聞いていなかった。

「何かいいことあった？」

金田医師はカルテを書きながら秀雄にたずねた。

「わかります？」

秀雄は笑みを浮かべた。

「やっぱり。私もそうじゃないかなって、思ってました」

ナースの琴絵が笑った。

「何があったの？　教えてよ」

「そんなもったいないことできません」

秀雄はもったいぶった。

「あっそ」

金田はわざとそっけなくあしらった。

すると、秀雄は笑みを浮かべた。

「彼女ができました」

「……秋本さん？」

「はい。……なんで知ってるんですか？」

「イヒヒ」

金田は意味深な笑いをした。

秀雄はうれしそうにしていたが、ふと感慨深そうに言った。

「皮肉だなと思って――。僕が病気になっていなかったら、みどり先生とは一生同僚のままだったと思うんです」

「病気のこと、彼女に言ったの？」

「まだです。――あ、早く帰らないと」

「彼女と約束？」

秀雄は答える代わりに微笑んだ。

「お大事に」

金田は微笑みで送り出すと、急に真顔になった。

秀雄がアパートの部屋に戻ると、みどりが用意した夕食を持ってたずねてきた。

「うわぁ、おいしそう」

秀雄がアルミホイルを開けると、中からおいしそうなおにぎりが出てきた。

「豆腐とワカメの味噌汁《みそしる》も持ってきましたから」

「あ。でも、お椀《わん》がない」

「そんなことだろうと思って、買って来ちゃった」

みどりが袋の中からペアの汁椀を取り出すと、秀雄は笑い出した。

「何がおかしいんですか？」

「だって、お椀だから……。僕、彼女が部屋に来て、買って来ちゃったって、ペアのマグカップを出すの、夢だったんですよ」

秀雄は愉快そうにしばらく笑っていた。

みどりは汁椀に味噌汁を注いだ。

秀雄は幸福そうにみどりを見つめた。

「はい、どうぞ」

秀雄は味噌汁を受け取った。とても温かかった。

「いただきます」

秀雄は心の中で祈っていた。

――神様、お願いです。一分でいいから……時間を、止めて下さい。

その日、秀雄とみどりは結ばれた。

秀雄は朝目を覚まして、目の前にあるみどりの寝顔をしばらくながめていた。秀雄のTシャツを着ている。

「何、見てるんですか？」

目を覚ましたみどりが恥ずかしそうに言った。

「もうちょっと、見ていたかったのにな」

秀雄はこのうえなく幸せだった。


「おはよう。あれ、いつ、帰ったの？」

父はダイニングテーブルに座りながら、みどりに声をかけた。

「十五分前くらいかな」

みどりはいつもと同じように朝食の用意をしている。

父は平静を装おうとしたが、動揺を隠しきれない。

「朝メシ、食べてこなかったの？」

つい変なことを聞いてしまった。

「うん。コーヒーだけ」

「ふぅん。コーヒーは飲んできたんだ。朝はやっぱりコーヒーだよな」

朝帰りに動揺している父を見ながら、みどりはクスッと笑った。

秀雄はみどりが帰ってから、流しで薬を飲みながら、ふと、洗いかごにふせてあるペアの汁椀を見て微笑んだ。が、次第に秀雄の顔から笑みが消えていった。秀雄はビデオの前に座って言った。

「神様、黙っている僕は、ずるいですか？……これくらい、許してくれますよね。でも、やっぱり……話さなくちゃ、いけないよな……」


「中村先生、病院、通ってるわよね」

麗子はとうとう秀雄を屋上に呼び出して、きいてみた。

「給湯室で、薬の袋、見たから」

麗子に言われて、秀雄はドキリとした。

「あ、ああ、あれですか。胃腸薬です」

秀雄がごまかしたが、麗子はかなしそうに首を振った。

「私の叔母《おば》が飲んでた薬と一緒だった。叔母は、ホントに胃腸薬だと思ってたけど、中村先生は、違うわよね……」

「あの、おっしゃる意味が、よくわからないんですけど——」

秀雄はとぼけながら、動揺していた。

「私の目は、ごまかせないの」

麗子は言いながら、病気が本当のことだと知ってショックだった。

「……お願いします。黙ってて下さい」

　秀雄は頭を下げた。

「仕事、続けてて、体は大丈夫なの？」

「しばらくは薬を飲みながら仕事を続けてていいと言われています」

「手術は？」

「……もう無理でした。あと、もって十カ月くらいです。学校には、時期を見て言うつもりですが、今はまだ話すつもりはありません」

「……私の叔母は……医者に言われたよりも、ずっと長く生きたから……」

　麗子はかけるべき言葉が見つからなかった。秀雄はまだ三十前なのだ。

「ねえ、私にできることは、なんでも言うのよ。体がつらい時もすぐに言うのよ」

　麗子はそれだけ言うのがやっとだった。

「このこと、みどり先生は、知ってるの？」

「知りません。でも、話さなくちゃいけませんよね」

　秀雄はふとつらそうな顔になった。

「私がみどり先生だったら、話してほしいと思う」

　麗子は言いながら、泣きそうになった。

秀雄は麗子に言われなくても、悩んでいた。このまま自分が病気のことを話さなければ幸福な日々はしばらく続くだろうと思った。が、それはただ先延ばしになるだけだった。秀雄はみどりに話そうと決意した。

その日は、みどりの提案で夕飯に鍋《なべ》をしようということになった。スーパーで材料を買い込みながら、カートを押している秀雄は次第に気が重くなってきた。

「中村先生どうかしました？　さっきから、なんか変ですよ」

みどりが振り向いてたずねた。

「──みどり先生、大切な話があります」

秀雄は堪えられず、言った。

「なんですか？」

「ここでするような話じゃないんで……」

秀雄はカートを押してレジに並んだ。

みどりは何の話だろうと考えていたが、やがて思い当たったように顔を輝かせた。

「みどり先生と中村先生って、どう思う？　つきあってるみたいなんだよな」

久保は麗子とバーで飲みながら言った。

「気になる？」

麗子がたずねると、久保は別にとごまかした。

「嘘。気になってしょうがないくせに。みどり先生の結婚相手は、自分だって思ってたんでしょう？」

「うれしそうに言うなよ」

久保は落ち込んでいる。

「女のことで悩んでいるアンタを見ると、気持ちいいもん」

めずらしく不安そうな顔を見せる久保を、麗子はわざとからかった。

「別に悩んでるわけじゃないよ。いや、ホントは焦ってる。こんな気持ち、初めてだよ」

「負けた相手が中村先生だもんね」

「俺、もう負けたの？　確定？」

「でも、結婚はないかも……」

麗子は顔をくもらせた。

「そうだよなあ。理事長が反対するだろうし――」

久保の言葉を聞きながら、麗子は秀雄のことが心配だった。

秀雄とみどりは鍋を囲んでいた。秀雄は病気の話をどう切り出そうかと緊張して、なかなか箸《はし》が進まない。みどりはそんな秀雄を感じたのか、自ら箸を置いて、話を聞く態勢をとった。

「みどり先生、お話があります」

秀雄は箸を置くと姿勢を正した。

「あの――」

「――私も同じ気持ちです」

みどりは言った。

「私と結婚して下さい」

みどりの言葉に、秀雄は驚いた。

「――あ、すみません、私が言っちゃって。でも、昔から思ってたんですよね。プロポーズは、自分からするんだって。……でも、そんなに驚かなくたって。あ、もしかして、プロポーズの言葉、言いたかったです？」

みどりは無邪気に言って笑っている。

「じゃあ、まずは、近いうちに、父と食事しましょうね」

ひとりで張り切っているみどりを前に、秀雄は話を切り出せなくなった。


「――結婚?!」

麗子は驚いて大声を出してしまった。慌てて周囲を見回すと、職員室には秀雄とふたりだけとわかりホッと胸を撫《な》で下ろした。ふたりは声を落として話し始めた。

「冗談みたいな話ですよねえ。だって僕ですよ。ふつう、ありえませんよ。みどり先生、何、考えてるんですかねえ」

秀雄は微笑みながら言ったが、内心戸惑っているのが麗子には伝わってきた。

「結局、言わなかったんだ」

「……はい。話すのが怖いんです。麗子先生なら、どう思います？　結婚したいと思った人が僕のような人だと知ったら」

「そんなこと聞かないでよ。結婚したいと思わなくたって――ただの仕事仲間っていうだけでも――」

麗子は泣きそうになって、最後は言葉にならなくなった。

「やだ、絶対泣かないって決めてたのに」

麗子は泣き出した。秀雄はティッシュを差し出して、困ったようにたたずんでいる。

「私、泣いてなんかいないからね。中村先生が平気そうな顔してるから、代わりに泣いてあげてるだけなんだからね――」

麗子は涙を拭《ふ》きながら、最後まで秀雄の力になろうと心に誓っていた。

その頃、秋本は理事長室で古田教頭から職員たちの勤務評定表を受け取っていた。

「ただですねえ、中村先生に関しましては、どう評価したらいいものかと。彼は最近、変わりまして。でも、それをどう評価していいものかと――」

教頭は心残りがあるように言った。

「君が思った通りでいいんじゃない？　君が部下をどう判断するかは、君の評価にもつながるんだし」

秋本は微笑んだ。

「すみません。もう一度考えさせて下さい」

教頭は勤務評定の書類を持って出て行った。

入れ違いに、久保が入ってきた。秋本が部屋に呼んだのだった。

「実は、みどりに好きな人ができたようでね。久保先生もわかってらっしゃったと思いますが、私は君とみどりがうまくいってくれたらと思い、ちょっとはしゃぎすぎてしまった。結果的に、大変失礼なことをしたと反省しています。本当にすまない――」

秋本は久保に頭を下げた。

「理事長は、中村先生との仲を認めていらっしゃるんですか？」

久保は意外そうな顔で秋本を見た。

「はい。娘が選んだ人ですから――」

秋本は心からうれしそうに微笑んだ。

「あ、そうだ。あれ、いつにします？　父との食事——」

みどりは職員室に秀雄とふたりきりになると、うれしそうに切り出した。

「どこの店がいいか考えておいて下さいね。たまには、すごーく高いお店っていうのもいいと思いません？　父におごらせちゃいましょう」

「そのことなんですけど——」

秀雄が言いかけると、赤坂栞が職員室に入ってきた。朝からおでこに絆創膏《ばんそうこう》を貼っている。栞はいつにも増して硬い表情でみどりの席に直行した。

「あの……、今日、先生の家に泊めていただけませんか？　どうしても家に帰りたくないんです」

栞は言った。

「どうして？　そのおでこの怪我と何か関係があるんですか？」

前の席で聞いていた秀雄が気になってたずねたが、栞は何も答えない。

みどりは秀雄とも話し合って、ひと晩だけ栞の面倒を見ることにした。

「ここ、ですか？」

栞はあまりの豪邸ぶりに、秋本家の門の前で目を瞠《みは》った。

みどりはごく普通に門を開け、栞をリビングに通した。栞は突っ立ったまま、部屋中をジロジロとながめまわした。高そうな家具や大きなペルシャ絨毯《じゅうたん》。栞はみどりの暮らしに圧倒されていた。

「やっぱり帰ります。中村先生のところに行きます。連絡先、教えて下さい」

栞は突然言い出した。

「どうしたの？　女子生徒が男性教師の部屋に泊まることを賛成できると思う？」

みどりは動揺しながら、引き留めた。

「みどり先生に話しても、しょうがないですから」

みどりが悩みについてたずねても、栞はその一点張りで押し通した。

「話してみないとわからないじゃない」

「みどり先生には、話したくないっていう意味です」

栞は言って、それきり口を閉ざした。

その頃、秀雄はビデオカメラに向かっていた。

「明日こそ、絶対に話そう。病気のこと。あと生きられるのは十カ月くらいだということ。結婚はできないこと――」

秀雄は決意するように言って、ビデオを止めた。

　翌朝、みどりは浮かない顔で職員室の自席に座っていた。

「赤坂さん、どうでした？」

　秀雄はたずねた。

「あまり、眠れなかったみたいです。でも、今日はちゃんと家に帰るって言ってました」

「彼女、何か話しました？」

「私には話したくないそうです……」

　みどりは笑って言ったが、秀雄には傷ついている様子が伝わっていた。


　放課後、秀雄は栞と話をした。

「今日は、ちゃんと家に帰るんですよね」

　秀雄がたずねると、栞はうなずいた。

「それで大丈夫なんですか？　家に帰って、傷が増えるようなこと、ないですよね」

「この傷は、父と母のケンカを止めようとして、ぶつけてしまっただけですから」

「ケンカ？」

　秀雄がたずねると、栞は仕方なさそうに話し始めた。

「父の会社、うまくいってないんです。今日にでも結論が出ると思いますが、それによっては私、大学に行けないかもしれません」

秀雄は栞が志望を国立大学に変えたわけがやっとわかった。

「でも……不公平ですよね――」

栞は苦笑いしながら気丈に言った。

「世の中には、お金に困らない人だっているのに。あんな豪邸、テレビでしか見たことありませんでした。それに、すごくきれいな顔してるし。みどり先生みたいな人は、きっと悩みなんてなんにもないんでしょうね」

「だから、みどり先生にあんな言い方をしたんですか？」

秀雄はたずねながら、教室の外でみどりが見ているのに気づいた。

「何もかも恵まれている人に、私の気持ちなんてわかるわけありません」

栞はきっぱりと言ってから、みどりの姿に気づいた。

栞は決まり悪そうに教室から出て行った。

秀雄は元気のないみどりを励まそうとアパートのキッチンでうどんを作った。

「私、作りますよ」

みどりは立ち上がった。

「いいから座ってて下さい。ほうれんそうと卵とネギ。あと、お餅《もち》を入れようと思うんですけど、何個入れます?」

「じゃあ、二個」

「二個ですね。びっくりするほどおいしいうどん、作りますから」

秀雄の作ったうどんをみどりはおいしいと言って食べていたが、やはり栞のひとことがこたえたのか、元気がなかった。

「お餅、まだありますからね。あ、次は焼いてしょうゆと海苔《のり》で食べましょうか。田舎から送ってきた、おいしい海苔があるんですよ。あ、そうだ。海苔って、お茶屋さんで、よく売ってますけど、どうして海苔とお茶って、一緒に売ってるか、知ってます?……あ、すみません。こんな話、どうでもいいですよね」

秀雄はみどりを元気づけようと懸命に話し続けた。

「……赤坂さんの言う通りなんですよね」

みどりはポツリと言った。

「私は、ずっと恵まれて育ってきましたから。たいした悩みだってないし――」

「そんなの嘘ですよ。悩みのない人なんて、いるはずないんですから。元気出して下さい」

秀雄に穏やかな顔で言われ、みどりは気持ちがすうっと楽になった。これまで、学校でも職場でも、みどりはのんきなお嬢さん育ちだと思われてきたのだった。

「本当に私、今まで、深く悩んだことってないんですよね……。いつも親に守られて、友だちにも恵まれてたし。恋愛で深く傷つくようなこともなかったし。……やっぱり私は、温室でぬくぬくと育ってきたようなもんなんですよね」

みどりは自嘲《じちょう》気味に明るく言った。

「――あ、でも、つらいことが一度だけありました。母を……亡くした時です。あの時は、本当につらかったな。できることなら、もう二度と大切な人を失いたくはありません」

みどりのつらそうな表情が、秀雄の心に重くのしかかった。

「ちょっとコンビニ行ってきます。トイレットペーパー切れそうなんで」

秀雄は気持ちを整理しようと、部屋を出た。

みどりは秀雄の帰りを待ちながら、ふと、カーテンの後ろに隠すように置いてあるビデオカメラが目についた。カメラは三脚にセットされていた。部屋の中で何を撮るのだろうかとみどりはいぶかった。

みどりはビデオカメラに近づいて、電源を入れると再生ボタンを押した――。


「お、帰ってたのか――」

秋本はリビングでアイロンがけをしているみどりの後ろ姿に声をかけた。みどりは振り返らず、ただうなずいて、アイロンがけを続けている。

「中村くんとの食事、いつになった？」

父はうれしそうにたずねた。

「うん、まだ決まってない――」

みどりは何事もなかったかのように答えた。


翌朝、赤坂栞は明るい顔で秀雄のところにやってきた。

「ご心配おかけしましたけど、父の会社なんとかなりそうです」

「それはよかったです。これで、勉強に集中できますね」

秀雄は言った。

「私、みどり先生に謝りたいんですけど」

「わかりました。伝えますから、教室で待ってて下さい」

秀雄はみどりを呼びに行こうとした。

「先生、神様って、いるんですね」

栞は笑顔で言った。

秀雄は思わず微笑んでいた。


みどりは職員室のデスクで書き物をしていた。

「お、みどり先生、一万一千円」

赤井が後ろで笑っている。

「値札ついてるよ」

「え、ホントですか?」

「とってあげる」

赤井がみどりのうなじに手を伸ばした。

「顔、いやらしくなってるわよ」

麗子が赤井の手を叩《たた》いた。

「やっぱり? そうじゃないかなあって思ったんだよね」

赤井は笑いながら席に戻った。

「みどり先生でも、こういうドジするんだ」

麗子が値札を取っていると、秀雄が職員室に戻ってきた。

「みどり先生、赤坂さんのお父さんの会社、もう大丈夫だそうです」

「そうですか。よかった」

「みどり先生に謝りたいって言ってましたよ。赤坂さん、教室で待ってますから」

「はい。行ってきます」

麗子はみどりの様子が何となくおかしいと思った。が、秀雄のほうはいつもと変わりなく、気にしている様子はなかった。

みどりがぼんやりと廊下を歩いていると、久保が向こうから歩いてきた。

久保はすれ違いざまに立ち止まった。

「みどり先生。俺、まだあきらめてないから」

「え」

「食事に誘いたいんだけど。できたら今夜」

「………」

「ダメなら待つよ。一ヵ月でも二ヵ月でも。……一年でも」

みどりは無言のまま、視線をそらした。

「ホントにもう、俺にはチャンスないの？」

久保はいつになく余裕を失った表情をしている。

「……生徒が待ってますから」

みどりは硬い表情で立ち去った。

「こんなことになるなら、もっと早く病気のことを、言うべきでした」

秀雄はその日、診察を受けながら金田に言った。

「恋なんて、するんじゃなかったのかもしれません。――先生、彼女が僕の病気を知ったら、どうなるんでしょう」

秀雄は不安そうだった。

「さあ、どうなるんだろうねえ――」

金田は受け止めながら言った。

「君はどうなった？ 君は病気を知って、どう変わった？……君の人生は、どう動き出した？」

金田は問いかけるように秀雄を見つめた。

その晩、みどりは秀雄の部屋にやってくると、テーブルの上に旅行のパンフレットを広げて、楽しげにながめ始めた。

「みどり先生――」

秀雄が話を切り出そうとすると、みどりはたたみかけるように言った。

「あ、教えて下さい。どうしてお茶と海苔って、一緒に売ってるんですか？ ずっと、気になってたんです」

「ああ……。あの、お茶と海苔って、保管方法が同じなんですよ。保存するのに湿気はダメだし、香りを保つために低めの一定の温度が必要だし、直射日光は避けた方がいいし」

秀雄は説明した。

「そうなんですか……。すっきりしました。けっこう気になっていたから」

「あの、みどり先生に、聞いてもらいたい話があります――」

「――私もあります。新婚旅行なんですけど、なんにもないところでのんびりしたいので、ピピ島なんて、どうですか？」

みどりは話をはぐらかすように、ひとりではしゃいでいる。

「その前に、僕の話を聞いて下さい――」

秀雄はみどりを見つめ、一気に話し始めた。

「僕は一月の健康診断でひっかかって……再検査の結果、病気が見つかりました。病名は、胃ガンです。僕の場合、かなり進行していて肝臓にも転移していました。手術は無理で抗ガン剤で治療していますが、今の医学では、完治する見込みがありません。もって、あと十カ月の命です。……黙ってて、すみません――」

「――知ってました」

みどりはまるで世間話でも聞いたように言った。

「で、どう思います？　このパンフレット、見て下さい。すごく神秘的なところですよ。ビーチなんて真っ白だし――」

みどりはうつむいて、秀雄に構わず話し続けた。

「——ですから、僕、あと少ししか生きられないんです」

「——ほら、このビーチ」

「——みどり先生、僕の話、聞いてます？」

「——ピピ島に決めていいですか？　それともほかに行きたいところ、あります？　じゃあ、ピピ島に決めていいですね。決定——」

みどりは早口にまくし立てた。

「僕は、結婚できません——」

秀雄ははっきりと告げた。みどりはバッグを持って、逃げるように部屋から出て行った。

秀雄はみどりを見るのがつらくて追いかけることができなかった。


みどりはふらつく足取りで暗い夜の道を歩いていた。

『僕はもう、明日があると思って生きるのをやめたんです』

『この一年、やれるだけのことをやってみましょう』

みどりの心に、秀雄の言葉が次々に浮かんできた。

『将来のことを考えるのは、とても大切なことです。でも、将来を考えすぎて、今を見失ってはいけないんじゃないでしょうか』

『そしていつか、どちらかが先に旅立つ日が来ると思います。その時に、後悔しないよう、……たくさんの愛で、できるだけの愛で、お互いを思い合って下さい――』

みどりは力なく歩いていった。やがてみどりは線路脇で足を止めた。

『悩みのない人なんて、いるはずないんですから。元気出して下さい――』

秀雄は昨日、そう言って励ましてくれた。本当に大変なのは秀雄のほうなのに……。

みどりはついに堪《こら》えきれなくなって、その場に泣き崩れた。


秀雄は部屋の中でじっと考え込んでいた。みどりは病気のことをどこで知ったのだろう。

ふと、ビデオカメラを見ると、電源ランプがつけっぱなしになっていることに気づいた。

秀雄はみどりが見たことを察して、電源を消した。

――神様、お願いです。僕の運命を変えて下さい。

秀雄は無理だとわかっていても、そう祈らずにはいられなかった。

――ダメですか？

7

翌日、秋本みどりは体調不良を理由に欠勤した。

「みどり先生、風邪でもひいたのかな……」

麗子はふと気になって、秀雄にたずねた。

「僕、みどり先生に話しましたから――」

秀雄は険しい表情で麗子に言うと、授業に出て行った。


金田勉三が病院の庭を車椅子の患者とともに散歩していると、秋本みどりが青ざめた表情で立っていることに気づいた。

金田はみどりの様子から、秀雄の病気のことを知ったのだと察した。

金田はみどりを連れて、診察室に戻った。

「――じゃあ、本当に病気を治すことは無理なんですか？」

たずねるみどりを前に、金田はうなずくしかなかった。

「でも、何かあるはずじゃ――」

みどりはたとえわずかでも希望を見出そうと金田を見つめたが、それも叶《かな》わないことだと悟ったように、うつむいた。

「今……、彼は、どんな気持ちでいるんでしょうか……」

みどりは苦しそうにたずねた。

「中村さんの苦しみは、中村さんにしかわかりませんから。彼の痛みを、あなたが理解しようとしても、それは無理なんです」

金田は穏やかな顔で告げた。

「先生……。私にできることって、なんですか？」

たずねるみどりに金田は言った。

「彼の……話し相手になって下さい。彼がつらい時に、つらいって言える相手になってあげて下さい――」

みどりは秀雄の支えになろうと決心しながら病院を出ると、アパートの前で秀雄の帰りを待った。

「お帰りなさい」

秀雄が帰ってくると、みどりは言った。

「今日、学校で何か変わったこと、ありました？」

みどりは秀雄のあとから部屋に入った。

「いえ、別に」

「そうですか」

「みどり先生、体調悪いって聞いてますけど」

「嘘です。ズル休みしました」

みどりは笑ってみせたが、秀雄の表情は硬いままだった。

「たぶん、そうだと思いました」

「晩ごはん、まだですよね。何か食べに行きませんか？」

「……座って下さい。聞いてもらいたいことがあります」

秀雄に言われて、みどりは居間に座った。

「……みどり先生には、もっと早く事実を話すべきでした。みどり先生を振り回すことになって、申し訳なく思っています。本当にすみませんでした――」

秀雄は頭を下げて詫《わ》びた。

「自分の体のことを、初めて知った時は、本当に信じられませんでした。ヤケになったりもしました。……でも、今は、自分の運命を受け入れています。みどり先生と過ごした時間は、僕にとってかけがえのないものとなりました。ありがとうございました」

秀雄は他人行儀に言った。

「最後に、これだけは言っておきたかったので」

「なんか、別れ話、してるみたいですよ」

みどりはしらばっくれた。

「……そりゃそうですよ」

「私と別れたいんですか？」

みどりは秀雄の本心を探るようにたずねた。

「僕は、長く生きられないんですから」

「そんなの、別れる理由には、なりません」

「なりますよ」

「私は……ずっと中村先生のそばに、いたいんです」

みどりは負けないように、大きく瞳《ひとみ》を開いて秀雄を見つめた。

「いいですか？　この先、僕は体調が悪くなることでしょう。気持ちが不安定になって、自制がきかなくなることもあるでしょう。そんな僕のそばにいようと思ったら、大変なエネルギーが必要です」

「わかってます」

「それって、自分を犠牲にするってことですよ」

「違います。私はそんなふうに思いません」

「いくらみどり先生が、違うと言ったとしても、僕は、そう思うんです」

「私のためを思ってそう言ってるなら――」

「――みどり先生のために、言ってるんじゃありません。僕が……つらいんです。みどり先生に無理をさせてるんじゃないかと思うと、僕がつらくなるんです……」

「――――!」

「僕が苦しくなるんです」

みどりはそれを聞いて、それ以上何も言えなくなった。

秀雄は心の中で願っていた。

みどりが、幸せになってくれることだけを――。

秀雄とみどりの話し合いは結論の出ないまま、終わった。

翌日、みどりは久保に屋上に呼び出された。

「答えを聞かせてくれないかな。本当にもう、俺にはチャンスがないの?」

久保は念を押すようにたずねた。

「私には、好きな人がいます」

みどりは答えたが、その表情は硬かった。

「……中村先生?」

久保がたずねると、みどりは神妙な顔でうなずいて、その場から立ち去った。

久保ははっきりと自分の敗北を認めるしかなかった。ショックを受けながら職員室で仕事の書類をながめていると、秀雄がにこにこしながら近づいてきた。

「久保先生、それ、文部科学省の仕事ですか?」

秀雄にたずねられて、久保は面倒くさそうにうなずいた。

「そういう仕事ができるなんて、うらやましいです」

秀雄は屈託のない笑顔で言った。

「うらやましい? 俺が?」

久保は苦笑した。

「ホントは優越感なんじゃないの?」

久保が秀雄にからんでいると、麗子が職員室に戻ってきた。

「ホントは、俺のこと、バカにしてたりして」

久保の言葉を、秀雄は理由がわからず聞いていた。

「……どうかした?」

麗子が間に入って明るくたずねたので、秀雄はそのまま授業に出て行った。

「……あんたらしくない」

麗子は久保をたしなめた。

「中村先生、俺のこと、腹ん中で笑ってるよな」

久保は自嘲《じちょう》気味につぶやいた。

「――笑ってなんかない！」

麗子が涙を浮かべ、怒るように言ったので、久保は驚いた。


その晩、麗子は迷ったすえに、久保にすべてを打ち明けることにした。

「は？……冗談だろ」

久保は秀雄の病状を聞いて、動揺した。

「……おい、まてよ。中村先生が？　まさか。俺より若いんだよ？……でも、中村先生が最近、変わったことを考えると、納得できる理由だな……」

久保は神妙な顔で、カクテルを一気に飲み干した。

「ねえ、お願い。中村先生とみどり先生を、そっとしておいて……」

麗子は久保が見たことのない真剣な目で言った。

「……みどり先生は、知ってるの？」

久保は当然知らないと思い、たずねた。

「知ってる」

麗子は答えた。

「彼女に病気のことを話しました……」

秀雄は金田に報告した。

「そう、よかったよ。君に今必要なのは、つらい時につらいって言える相手だから」

金田は昨日みどりがたずねてきたことをあえて言わなかった。

「僕は、自分のつらさを、誰かに話すつもりはありません」

秀雄は言った。その決意は固いようだった。

「……誰にも話さないつもりなの？」

金田の問いに、秀雄はうなずいた。

「お母さんにも？」

「はい。今度の週末、実家に帰ろうと思うんですけど、うまく話せるかどうかわかりませんん――」

秀雄は母の話が出て、ことさら不安になった。

みどりは、リビングに座って亡くなった母親の写真をぼんやりながめていた。

「ねえ、お父さん。……お母さんと結婚してよかった？」

みどりはふと父にたずねた。

「どうしたの急に？　そりゃあ、お母さんと結婚してよかったと思ってるけど、どうしてそんなこと聞くの？」

父はみどりの顔が深刻なのに気づいた。

「……ほら、お母さんがこんなに早く死んじゃうと思ってなかったでしょ？」

みどりは必死に質問の理由を探りながら言った。

「そりゃあね。しかも、突然だったし。さよならぐらい、言いたかったよね」

母は突然、クモ膜下出血で亡くなったのだった。そして、その時の父のかなしみを今度は自分が背負うかもしれないと思っていた。

「……死ぬってわかってたら、もっといろいろしてあげたんだけど」

父は心残りがあるようだ。

「何をしてあげたかった？」

「特別なことっていうより、あたりまえのことかな。たとえば、作ってくれたごはんがおいしかったら、おいしいって、笑顔で言ってあげるとかさ――」

みどりは父の話を聞きながら、自分が秀雄にできることがあるような気がした。

次の日、みどりは前と変わらない笑顔で秀雄に挨拶《あいさつ》をした。

「今夜、久しぶりに、焼き鳥屋、行きませんか？」

「みどり先生、僕たちは、別れたんですから」

秀雄は目も合わせずに拒絶した。

「仕事帰りのごはんくらい、いいじゃないですか」

みどりがめげずに言うと、秀雄は「やめときましょう」と言って出て行ってしまった。

昼休み、岡田がしきりに秀雄を合コンに誘っていたが、週末は実家に帰るのだと断っていた秀雄をみどりはじっと見ていた。


「やっぱり年内ですか？　みどり先生と久保先生のご結婚」

古田教頭が秋本に勤務評定表を渡しながら言った。

秋本は笑って、みどりの結婚相手が中村秀雄になるだろうと告げた。

「いやぁ、いつの間に……」

古田は頭をかきながら、渡したばかりの勤務評定を気にし始めた。

「あ、その……現在、中村先生は立派な先生です。……つまりその、昔のイメージが、どうもぬぐい去れなくて、中村先生の評価、若干、マイナス気味というか……」

「こんなことなら、いい評価しとけばよかったって？」

「はい。あ、いや、え、あ、その……」

恐縮している教頭に、秋本は笑いながら言った。

「余計なことに左右されないで、思った通りに、評価して下さいよ。結婚後は特にね」

その日の放課後、久保は秀雄を学校近くのコーヒーショップに誘った。

「あの、麗子先生から聞いたそうですね。僕のこと――」

秀雄のほうから切り出した。

「俺にできることは、なんでも言ってくれよ。男にしか、できないこともあるだろうし」

久保は気の毒そうに言った。

「ありがとうございます。でも、普通っていうか、今までと同じように接して下さい」

「……わかった。俺もいろいろ考えたよ。もし自分が中村先生だったらって……。仕事のこと。家族のこと。それから……好きな人のこと――」

久保はそこでみどりのことを考え、思いがけず神妙な顔つきになった。

「ひとつ、聞いていいですか？　久保先生が僕だったらどうします？　つきあってる彼女がいる場合――」

秀雄は真剣な目でたずねた。

「……正直に思ったこと、言っていい？」

久保は断ってから、言った。

「――俺なら彼女とは別れる。それが彼女のためだと思うから」

秀雄はそれを聞いて、微笑んだ。

「僕も、久保先生と同じです。実際、別れましたから」

秀雄は思いをふっ切るように言った。

「でも……、みどり先生はまだ中村先生のこと――」

久保は言いながら、釈然としない思いだった。


「え、麗子先生、知ってたんですか？」

みどりは帰り道、麗子に秀雄の病気のことを言われて驚いた。

「……うん。薬見て、気づいちゃったの」

麗子はせつなそうに言った。

みどりは麗子が黙って見守っていてくれたことに心で感謝した。そして、精一杯明るく言った。

「私、中村先生にふられちゃいました。私はずっと、そばにいたいって言ったんですけど。

麗子先生なら、どうします？　やっぱりそばについていたいと思いますよね」

「さあ、どうかなあ……。私のことだから、逃げちゃうかも」

「麗子先生が逃げるとしたら、泣いちゃうからですよね」

みどりにはわざと悪ぶって言う麗子の気持ちがわかっていた。

「みどり先生は、見かけによらず、強いから」

麗子は励ますように明るく言った。

「理事長は、中村先生とのこと知ってるの？」

「私たちが結婚すると思ってるし、喜んでます。でも……病気のことは、話してません」

みどりはそう言って、思いをふっ切るように足早に歩き出した。

「まったく、中村先生のヤツ、私のことふるなんて、何様のつもりなんですかねえ」

「そうよ。とっちめてやんなきゃ」

みどりは麗子の言葉にさびしそうに笑った。


次の週末、秀雄は故郷の駅に降り立った。四方に雪を頂いた山並みが見える。帰省は久しぶりだった。秀雄は懐かしそうに田舎道を歩きながら、教会の前で足を止めた。

礼拝堂をのぞくと、ふと誰かが座っていることに気づいた。——みどりだ。

「——ここ、中村先生がよく歌ってた教会ですか？」

みどりは立ち上がって微笑んだ。

「そうじゃないかなぁって、思ったんですよね」

「——どうしてここにいるんですか？」

秀雄は呆気《あっけ》にとられてたずねていた。

「つい」

みどりは笑って、外に歩き出した。

「ついって、なんですか？」

秀雄は追いかけながら、生徒を叱るように言った。

「私、田舎って、好きなんですよね」

微笑んでいるみどりを前にすると、秀雄は何も言えなくなった。

ふたりはそのまま田舎道を歩き出した。

「ホントになんにもないんですね」

みどりはうれしそうにきょろきょろしながら、田舎の景色に感動している。

みどりは空を見上げたり、澄んだ小川や、大きな樹木に感心しながら、どんどん歩いていった。みどりは通りすがりの人を呼び止めてカメラを託すと、きれいな山並みをバックに秀雄とふたり写真におさまった。

それからふたりは神社の境内でラムネを飲みながらひと休みした。

「あー、楽しかった。じゃ、私、帰ります――」

みどりはくもりのない笑顔で告げた。秀雄はみどりの気持ちがわからなくなった。

「あの、みどり先生を振り回した僕がこんなこと言うのもなんですけど、もう、僕の気持ちを揺さぶるようなことは、やめて下さい。これからは、できるだけ心穏やかに過ごしたいんです――」

秀雄は懇願するように言った。すると、みどりは微笑んだ。

「中村先生、前に自分で言ってたじゃないですか。将来を考えすぎて、今を見失っちゃいけないって。……今の私にとって、今日という日は、一年後、十年後のためにあるんじゃありません。今日は、今日だけのために、過ごしたいんです。中村先生と一緒に――」

「――それは無理です。本当にこれで終わりにして下さい」

秀雄が頭を下げると、秀雄の母が鳥居の向こうから自転車でやってきた。

「母さん……」

秀雄は困ったように母を見た。母は普段着で、かごに買い物袋を載せていた。

「早かったねえ」

佳代子《かよこ》は言いながら、秀雄の隣にいるみどりを不思議そうに見た。

「……あ、同じ学校の秋本みどり先生――」

秀雄はとりあえず紹介した。佳代子はみどりに驚きながらも喜んだ。

「そういうことなら、どうして言ってくれないのよ。掃除は適当だし、玄関に花飾ってないし、お布団あんたの分しか干してないし」

母はすっかり舞い上がって、秀雄の言葉など聞きそうにない。

「ゆっくりしてって下さいね。今夜、すき焼きでいいですか？」

母はみどりを見て、うれしそうに言った。

その晩、みどりは秀雄親子とともにすき焼きの鍋《なべ》を囲んでいた。

「そうだ。漬物、切るの忘れてた」

佳代子が席を立った。

「私、どうすればいいですか？　婚約者だと思われてるみたいですけど」

みどりはたずねた。

「……とりあえず、このままでいて下さい。ホントに勝手なお願いですけど」

秀雄は言った。

「病気のことを話しに来たんですか？」

みどりがたずねると、秀雄はうなずいて、台所に立っている母の背中を見た。

「みどりさん、ちょっとお願いできますか？」

佳代子が声をかけた。

「はい」

みどりは佳代子と並んで台所に立った。

その頃、麗子は久保から横浜のバーに呼び出されていた。

「どうしたの？」

見ると、久保はひとりで飲んでいる。

「遅いよ。わざわざ化粧してくることないのに」

「別にあんたのためにしてきたんじゃないわよ」

麗子はムッとした。

「俺って、人生なめてると思う？」

突然、久保はたずねた。

「実は、そうなんだよ。俺はずっと、人生なめてたんだよ」

「どうしたの急に」

麗子は久保の弱気になったところを初めて見た。

「仕事も恋愛も、いつだって思うようになってきたし。……でもさ、本当はずっと前からわかってたことがあるんだ。俺が、本当に心から望んでいるものは、手に入らないんじゃないかって……」

久保は落ち込んでいた。

「それって何？」

「……なんだろうな。それさえもわからないよ」

「じゃあ、私が言ってあげる——愛でしょ」

麗子は笑った。

「バカじゃねぇの？」

久保は思わずはぐらかして笑った。

「——ねえ、一体、どうしたっていうの？」

麗子はいつも冷静な久保が荒れているわけがわからなかった。

「俺さ、中村先生のこと聞いた時、どう思ったと思う？　みどり先生が、自分のものになるんじゃないかって、そう思ったんだ。最低だよ。クズだよ」

久保は自分を許せないとでもいうように顔をゆがめた。

「あんた、今までで一番、かっこよく見える」

麗子は笑った。

「こんな俺が？」

「そんなあんたが」

麗子は久保を微笑ましく思った。

「言わなきゃな……」

秀雄は実家の風呂《ふろ》にのんびり浸《つ》かりながら思っていた。

みどりと佳代子はその間、一緒に布団を調えていた。

「みどりさんに聞くのもなんだけど、こういう場合、みどりさんは、どっちで寝るものなの？」

佳代子が突然、真剣にたずねた。

「秀雄と寝るか、私と寝るか」

「ああ……」

みどりは素朴な疑問に思わず微笑んだ。が、ふと秀雄が話があって帰省したのを思い出した。

「じゃあ、お母さんと中村先生が一緒に寝るっていうのは、どうですか？」

佳代子はみどりの飾らない人柄を好ましく思った。そして、ふと、立ち上がるとタンスの引き出しの奥から別珍張りの細長いケースを取り出した。

「これ、主人からもらった、初めてのプレゼント」

佳代子はケースを開けて、真珠のネックレスを見せた。

「素敵ですね」

みどりは素直な気持ちで言った。

「これ、つけてくれる？」

佳代子はみどりに言った。

「思ったより早く、これを渡せる人に会えてうれしいわ」

　佳代子は照れながら、ネックレスをみどりに差し出した。

「……ちょっと待って下さい。そんな大切な物、いただけません」

　みどりは佳代子の気持ちがうれしかったが、今の自分たちの状況を思うと、とても受け取れなかった。


　その晩、秀雄はなかなか眠れなかった。秀雄は夜中に布団から出ると、台所で水を飲んだ。

「眠れないなら、ちょっと、肩でも、揉《も》んでくれる？」

　佳代子も眠れないらしい。秀雄は居間のこたつで、母の肩を揉み始めた。

「あー気持ちいい」

　母は幸せそうに目を細めている。

「……ねえ、母さん、話したいことがあるんだ」

　秀雄は切り出した。

「——結婚のこと？」

　うれしそうにたずねる母を前に、秀雄はその先を言いあぐねた。

「……あの、父さんと結婚して、よかった？」

「え？……さあねえ。どうだろうねえ。お父さん、疲れる人だったから。漬物が漬かりすぎてるとか、ごはんがちょっと硬いとか、お風呂の温度にもうるさいし。かなりぬるめが好きだったでしょ。だから私が入る頃には、すっかりぬるくなってて……」

佳代子は懐かしむように笑顔になった。

みどりは布団の中で、洩《も》れてくるふたりの話し声を聞いていた。

「父さん、威張ってたから」

秀雄は笑った。

「あれで、ホントはすごーく気が小さいのよ。秀雄の受験の前の日なんか、眠れなかったんだから」

「えっ、父さんが？」

「うん。自分が眠れないからって、私にベラベラ話しかけてきて。こっちは眠くてしょうがないのに。いつだって、自分のことしか考えてないんだから」

「母さんに甘えてたんだよ」

「まったくねえ」

母は幸せそうな顔で笑った。

「秀雄もお父さんみたいになるのかな」

母は何気なく言った。

「ならないよ。僕は、迷惑なんかかけたりしないから」

「迷惑って？」

母はきょとんとした顔でたずねた。

「だから、甘えたり、わがままを言うことだよ」


「秀雄、これ、新幹線代——」

翌日、帰る前に母は茶封筒を差し出した。

「……ありがとう」

秀雄は母の厚意を受け取った。

「それからみどりさん、これ、たいしたもんじゃないけど、食べてね」

佳代子は紙袋を差し出した。

みどりはていねいに礼を言って受け取った。

「じゃあね、母さん——」

秀雄とみどりは踵《きびす》を返して、歩き始めた。

「あ、みどりさん。秀雄をよろしくお願いします——」

佳代子は最後に深々と頭を下げた。

みどりは微笑みながら振り返って会釈したが、何も知らない佳代子のことを思ってつらくなった。ふと見ると、秀雄もまた考え込みながら歩いている。

みどりは秀雄の手をそっと握った。少しでも、秀雄に寄り添えればと思った。

秀雄は驚いたような顔で立ち止まった。

「少しだけですから。少しだけこのままでいて下さい――」

みどりは祈るように言って、秀雄とふたり、ゆっくりと田舎道を歩いていった。


「……これ田舎のお土産です」

秀雄はその夜遅く、敬明会病院の診察室を訪れて金田医師にわさび漬けを渡し、田舎での一部始終を話した。すると、金田は笑い出した。

「何がおかしいんですか？」

秀雄は少しムッとした。

「だって、お母さんに、秋本さんが婚約者だと思われちゃって、結局、言えなかったんでしょ？」

「……先生って、時々ふざけたこと言いますよね。ふつうの医者は、笑いませんよ」

「僕、今、オフだし」

金田はジャケットをつまんで、白衣を着てないということをアピールした。

秀雄は金田に話しているうちに、悩みが軽くなったような気がした。

「……まいっちゃいましたよ。僕が結婚すると思って、すごく喜んでたから」

秀雄はいつの間にか本音を愚痴っていた。

「いっそのこと、しちゃえば？　結婚」

金田がからかうように言った。

そんなこと……と、秀雄は苦笑しながら席を立った。

「ある人が、こう言っているんだ――」

金田はいつになく真面目な目で秀雄を見つめた。

「たとえ明日、世界が滅亡しようとも、今日、私は、りんごの木を植える――」

秀雄は帰る間ずっと、金田が言った言葉の意味を考えていた。


秀雄がアパートに帰ってくると、久保が部屋の前に立って待っていた。

「訂正したいことがあるんだ――」

久保はいきなり切り出した。

「俺が中村先生だったら、彼女のためを思って彼女と別れるって言ったけど、それってただのかっこつけかも。やっぱり俺なら別れない。俺なら……絶対に別れたくない――」

久保は言った。

それを聞いて、秀雄はなぜかホッとして、うれしくなった。

「ごめん、夜遅くに。それだけ言いたかったから——」

久保は泣いた後の子どものように、やけにすっきりした顔で帰って行った。

みどりは家に帰ると、キッチンで佳代子からもらった紙袋の中身を出した。わさび漬けや干物がていねいに新聞紙にくるまれて入っていた。

「お、わさび漬けか。ビール、飲みたくなっちゃったな」

父はうれしそうにみどりの手からわさび漬けを取り上げると、冷蔵庫からビールを取り出して、さっそくリビングで飲み始めた。

「中村くん、ウチにはいつ来るの？　その時だけど、アレはやめてほしいんだよな。みどりさんを僕に下さいっていうアレ。どうもしっくりこないっていうかさ」

父は照れくさそうに言った。

みどりは父の言葉を聞きながら、紙袋の奥に新聞紙にくるまれた細長い包みを見つけた。新聞紙をはがすと、それは秀雄の母の真珠のネックレスだった。

みどりは佳代子の思いを感じながら、ネックレスを胸に抱いた。

「それでさ、中村くんのお母さんて、どんな方だった？」

「——え、何？」

みどりは父にきかれるまで、ネックレスを抱いたままぼんやりしていた。

「……どうかしたのか？　最近、時々変だぞ。もしかして、マリッジブルー？　早過ぎないか？」

父は心配そうにみどりを見ている。

「なんでもない――」

みどりは父に悟られないよう、明るく笑ってみせた。

秀雄は部屋に戻ると、手荷物を開けて洗濯物などを出して整理を始めた。ふと、母からもらった新幹線代の入った茶封筒をのぞくと、お金と一緒に二つ折りにした一筆箋《せん》が添えられていた。

秀雄は一筆箋を開いた。

『秀雄へ。誰かに甘えられたり、頼られたりすることで、幸せになれることもあるんだからね』

秀雄は母の書いた文字をしばらくの間見つめていた。

その晩、秀雄はベッドの中で天井を見ながらまんじりともせず考え込んだ。

翌日、秀雄はみどりを公園に呼び出した。

秀雄は大きな木の下で足を止め、ゆっくりとみどりのほうを振り返った。

「母に会いに行った帰り道のこと、覚えてますか？」

　秀雄は言った。

「みどり先生は、僕の手を握ってくれました。正直言って、あの時、心がとても、やすらぎました――」

「…………」

「僕は、自分の運命を受け入れたと言いましたけど、やっぱり怖いです。急に、たまらなく怖くなったりします。これから先、もっとつらくなったり、もっと苦しくなったりするかもしれません」

　みどりはだまってきいている。

「――みどり先生、ずっと僕のそばにいてくれませんか？」

　秀雄はとても穏やかな気持ちだった。

「僕と結婚して下さい」

　秀雄は言った。

「はい――」

　みどりは心から微笑むと、秀雄の体を両手で強く抱きしめた。

　秀雄もみどりを抱きしめた。

　ふたりは、この先にどんなことがあっても、一緒にいようと誓い合った。

その夜、みどりはほっそりとした首に秀雄の手で真珠のネックレスをつけてもらっていた。

「似合う？」

みどりがたずねると、秀雄は微笑みながらうなずいた。

「母さんに報告しなきゃ」

秀雄は電話をテーブルに置き、電話をかけ始めた。みどりはソファに座って、秀雄を見守った。

「母さん、僕だけど――」

秀雄は言った。

「母さん、僕、みどり先生と結婚するよ。さっきプロポーズして、オッケーもらったんだ」

『え、プロポーズなら、とっくにしてると思ってた――』

母は電話の向こうで言った。

「……ごめんね母さん――」

秀雄はそれ以上、言葉にならなくなった。

みどりは秀雄のそばに寄り添って、そっと秀雄の手を握った。

秀雄は気を取り直して、言葉を続けた。

「……あのさ、父さんに会ったら、伝えとくよ。父さんは母さんに甘えてばかりで、わがままだったけど、母さんはすごく幸せだったって。……僕、母さんより先に、父さんに会うことになりそうだから――」

秀雄は自分の病気のことや余命のことを母に話した。電話口からは、ショックを受けている様子の母の息づかいが伝わってきたが、母は最後まで気丈に秀雄の話を聞いていた。

重ねた手から、みどりには秀雄の緊張やかなしみが伝わってきた。秀雄の手を握りながら、みどりは静かに耐えた。

その晩、秀雄とみどりは誓い合った。

ふたりで幸せになることを。

たとえ明日、世界が滅亡しようとも、今日、ふたりで幸せに生きることを――。

8

秀雄は次の診察の日に、金田にみどりとの結婚のことを報告した。金田は報告を聞いてうれしそうだった。

「お母さんには話したの？」

金田は触診しながらたずねた。

「ええ。結婚のことも病気のことも。母は、ごめんねごめんねって、何度も僕に謝ってました。たぶん、代わってやれなくてごめんねっていう意味だと思うんですけど……。でも、結婚のことは、喜んでくれました。そりゃあ彼女の父親の気持ちを考えると、申し訳ない気持ちになるって言ってましたけど——」

秀雄は浮かない表情になった。

「彼女のお父さんは、なんて？」

「明日、結婚の挨拶《あいさつ》に行きます」

秀雄はそこで不安そうな表情を浮かべた。

「先生、僕、結婚してもいいですよね？」

「ダメ」

金田は冗談を言って秀雄を励ました。

「またそういうことを言う」

秀雄の顔に笑顔が戻った。

「誰がなんと言おうと、するんでしょ？　結婚――」

金田の問いに、秀雄は力強くうなずいた。


秋本は楽しそうにキッチンで料理をしていた。コンロでは鍋《なべ》がグツグツと煮えている。

「お父さん、話があるんだけど――」

みどりは父に切り出した。

「ねえ、明日、中村くんが来た時、寿司《すし》とろうと思うんだ。あと、この牛スジの煮込み。それからさ、もう結婚するのは、わかってるんだから、堅苦しい挨拶は、なしでいいって言っといて。とにかく、楽しく飲んで食べようって。中村くんて、お酒、飲むんだっけ？」

父はすっかりはしゃいでいる。

「中村先生のことで、話しておきたいことがあるの」

みどりは真剣な顔で父を見た。

ふたりはキッチンに椅子を並べて座った。

「中村くんが、どうかした？」

「――病気なの」

「病気って？」

「――胃ガン」

秋本は思わず料理の手を止めた。コンロでは鍋がグツグツと煮えている。みどりが平然と告げたので、聞き間違いではないかと笑った。

「中村先生の場合、手術も無理で、もう治らないの――」

みどりは秀雄の病状を告げた。

「……本当に、九カ月や十カ月しか、生きられないの？」

みどりは気丈にうなずいた。

「……つらいな。大丈夫か？」

「私は大丈夫」

「……中村くんは？」

「大丈夫。自分の運命を受け入れて、前向きに生きてる」

「……もっと早く言ってくれればよかったのに。そうすりゃ、俺だって、結婚、結婚って、はしゃいだりしなかったよ」

「どうして？　結婚はおめでたいことなんだから、それでいいじゃない」

みどりは何事もなかったように言った。

「明日、お寿司、よろしくね」

みどりは立ち上がった。

「結婚……するつもりなのか？」

「なるべく早くしようと思ってる。……お父さん、言ったよね。私が信じた人を、お父さんも信じるって――」

「――ちょっと待ってよ。何も結婚することは、ないんじゃないのか？」

「もう決めたの」

「もう一度、冷静になって考えなさい」

「よく考えたわよ」

「だったら、どうして結婚するの。結婚なんて、たかが紙切れ一枚のことじゃないか」

「たかが紙切れ一枚のことならいいじゃない！」

「なんで、そんなに紙切れ一枚にこだわるの？」

みどりは思わず怒鳴った。

「こだわってるのは、お父さんでしょ？」

「だって、結婚する必要なんてないじゃないか」

「お父さん、ずっと結婚に賛成してたじゃない」

「そりゃあ、中村くんが、ふつうの男だと思ってたから――」

「――ふつうって何よ。病気じゃ……ふつうじゃないっていうの？」

みどりは頭に血が上っていた。

「どうして病気だとダメなの？」

「そういうことじゃなくて」

「じゃあ何――」

「――死んでしまうからだよ！　どうして、死ぬとわかってる男と、結婚するんだ」

秋本もついに怒鳴った。みどりは生まれて初めて父に怒鳴られた。

「――死ぬとわかってる男は彼だけじゃない。世の中の男、全員よ」

みどりは目を真っ赤にして父に言い残して出ていった。


翌日、予定通り、秀雄は秋本家に挨拶に訪れていた。家を出る前、緊張のあまり、ネクタイを何度も結び直した。みどりの父を前に、秀雄は手に汗をかいていた。

「病気のことは、聞いたよ。なんと言ったらいいか、言葉が見つからないけど……ホントにこれからっていう時に、残念というか……不公平だとしか言いようがないよ」

秋本は言った。

「僕は不公平だと思っていません。僕の人生は、病気によって大きく変わりました。でも、失うことばかりじゃありません。得たものだってあるんです。僕が得た、一番大きなものは……みどり先生です。みどり先生と、一緒に生きていたいと思ったことです」

秀雄は懸命に気持ちを話した。

「理事長、どうか、みどり先生と結婚させて下さい。お願いします」

秀雄とみどりは並んで頭を下げ続けた。

「中村くん――」

秋本がようやく口を開いた。秀雄とみどりは顔をあげた。

「申し訳ないけど、結婚に賛成することは、できないんだ」

沈痛な表情だった。

「理事長のお気持ちは、よくわかります。でも、僕たちの気持ち、わかっていただけないでしょうか」

「お父さん、すぐに中村先生と暮らしたいの」

「勝手なことだと思います。でも、必ず幸せになります。どうか、お許し下さい」

「お願いします」

秀雄とみどりは代わるがわる言って、頭を下げ続けた。

その日、最後まで秋本はふたりの結婚を許さなかった。

が、秀雄は信じていた。必ず、いつかわかってもらえることを。ふたりが一緒になることで、必ず幸せになることを。

「お父さん、行くね――」

次の週末、みどりはキッチンで洗い物をしている父の背に声をかけた。

「そんな娘に育てた覚えはないぞ」

父は怒ったように言って、振り返らない。

「こんな娘に育てたのは、お父さんとお母さんよ」

みどりは穏やかな顔で笑った。

「一日も早く、一緒に暮らしたいの。中村先生にとって、夜、ひとりで眠るのって、すごく怖いことだと思うから。お父さん……わかって」

みどりは最後に言い残して出て行った。父はずっと洗い物の手を止めなかった。

みどりが出て行ってから、父は洗い物の手を止めた。苦悩していた。ふたりの結婚を許すわけにはいかないと思っていた。今まで、娘が少しでも傷つかないように大切に育ててきたつもりだった。この先、傷つくとわかっている娘を見るのは忍びなかった。

「来ました――」

みどりは明るく言って秀雄の部屋に入った。部屋にはみどりの荷物が届いたところだった。段ボールがいくつも積んである。

「みどり先生、もう一度、確認します。理事長につらい思いをさせたまま、僕たちの生活を始めて、本当にいいんですね」

秀雄は念を押した。

「はい――。いつか必ず、これでよかったって、思ってもらえると、信じてますから」

みどりは微笑んだ。それを見て、秀雄もまた微笑んだ。

「僕も、同じ気持ちです――」

秀雄とみどりは一緒に暮らし始めた。ふたりで幸せになるために。

学校が春休みに入ると、みどりはさっそく秀雄の部屋の模様替えに取りかかった。あたたかい色のカーテンを取りつけたり、クッションカバーを縫ったり、観葉植物を飾ったり、大忙しだった。みどりのセンスで殺風景だった秀雄の部屋は、ソファを中心にあたたかみのあるくつろぐための部屋に変わった。

朝は炊きたてのごはんと味噌汁《みそしる》と卵焼きだった。秀雄はみどりの作るものすべてをおいしそうに食べた。

「あ、結婚式、どうします？」

みどりが食べながら言った。

「そうだなあ……。みどり先生に、おまかせします」

「私が決めていいんですか？」

秀雄はうなずいた。

「決めました。中村先生が、子どもの頃に歌いに行ってた、あの教会にします」

みどりはうれしそうに言った。本当はきく前から心に決めていたのだ。

「それ、すごくうれしいです」

秀雄の顔が輝いた。

「でしょ」

みどりは得意げに笑った。

「まずは、結婚決めたでしょ。次は、何やります？　やりたいことは、どんどんやらないと」

「何がいいかな……」

秀雄はあれこれ考え始めた。やりたいことはたくさんあったが、本当に重要なことを忘れているような気がした。

「やっぱり僕、朝はごはんと味噌汁がいいんだけど」

職員室では赤井と岡田が朝食について話し合っていた。新婚の赤井は妻とケンカをして、

どうです？」
やたらとでかいんですよ。そうだ。赤井先生、今日から中村先生んちにお世話になったら
「まったくカンベンしてほしいですよ。寝言とイビキがうるさいし。しかも、寝言の声、
岡田の家に泊まっていた。

岡田は弱りきっていた。

「それはダメよ」

麗子が慌てた。

「そうだよ。彼女が来るかもしれないだろ」

久保が笑ってフォローした。

「ええっ!? 中村先生、彼女いるんですか？ どんな人なんだろう、中村先生の彼女って」

岡田が叫ぶと、みどりは笑って自分を指さした。

「私です――」

岡田は冗談だと思って笑ったが、みんなの否定しない様子に驚いた。

「ええっ、いつからつきあってたんですか？ っていうか、なんで皆さん、全然驚かないんですか？」

みんなは岡田を見てニヤニヤした。

「僕だけかよ。……でも、教頭先生は、知らなかったですよね」

すると、教頭は岡田を見てニヤリとした。

秀雄とみどりは顔を見合わせて微笑んだ。

「春よねえ」

麗子がふたりを見て言った。今日から新学期が始まるのだ。


「今日は三年生になって、最初の生物の授業ですね。教科書8ページ。『タンパク質の構造と機能』をやりましょう」

秀雄は3年G組の教壇に立っていた。進級しても、相変わらず杉田めぐみ以外の生徒たちは、数学や英語の勉強をしている。

「先生、席替えをして下さい。この席、落ち着かないんですよ」

吉田均が授業を遮って言った。教卓の前の席が気に入らないらしい。

「クジで公平に決めた席です。次回の席替えまではこのままでいてもらうしかありません」

秀雄はたしなめた。

「誰か替わってくれない？」

均は秀雄を無視して、たずねた。が、反応がないと知ると、今度は勝手に自分の机を後ろへと移動させた。守が、均に戻るように言った。すると、均はいきなり守を突き飛ばし、ふたりはつかみ合いのケンカを始めた——。

秀雄は均の様子が気にかかっていた。

「それって、受験のストレスなんじゃない？　吉田くん、前回の模試の成績、ガクンと落ちましたし」

「彼んちは、父親も兄貴もみんな東大、出てるんだよな」

職員室でも、このところ落ち着きのない吉田均の様子が話題になった。

秀雄は家に帰ってからも、均のことを考えていた。

「彼らは、頑張りすぎて、いっぱいいっぱいになってるんでしょうね。きっと、そこから抜け出したくても、出口が見えない状態なんだと思います」

秀雄はソファに座って、みどりに言った。

「私はいつも気楽にやってたんで、そういうことはなかったですけどね——」

みどりはあたたかなコーヒーの入ったマグカップを秀雄に渡した。

「中村先生は、そういうことありました？」

「はい、ありました」

秀雄は懐かしむように笑った。

「どんなことだったんですか？」

「小学生の頃なんですけど、僕、運動が苦手で、仲間はずれにされたことがあったんです。みんなの輪に入ろうと頑張れば頑張るほど、みんなは逃げていってしまいました。どうしたらいいかわからなかったし、毎日がすごくつらかったです」

「どうやって、そこから抜け出したんですか？」

秀雄は思い出した。教会の扉を開いたあの日のことを――。

「それは――歌でした」

秀雄が答えると、みどりは微笑んだ。

「先生、次にやること、決まりましたね」

翌日、秀雄は帰りのホームルームで言った。

「皆さんは、三年生になり、より一層、受験勉強に打ち込んでいることと思います。そんな君たちに、僕から提案があります。今日から、放課後に、歌を歌いませんか？」

生徒たちは一斉に顔をあげて、小バカにした目で秀雄を見た。

「ここにいるほとんどの人が、いい大学に入ることを目標にしています。一生懸命勉強することは、正しいことです。でも、ほかにやりたいことを我慢して、勉強ばかりしていたら、それはちょっとつらいんじゃないですか？」

秀雄は語りかけた。

「とりあえず、僕が楽しいと思うことを提案してみました。もちろん、強制はしませんが、放課後、体育館で待っています。一緒に合唱しましょう――」

「おい杉田……歌、行くの?」

螺旋《らせん》階段の下に田中守が立っていた。ちょっと落ち着きがない。合唱に行こうか迷っていた。万引きで捕まってからというもの、表だって悪いことはしていなかったが、何の疑問もなく受験勉強に励んでいるクラスメイトたちを前に、守は焦りを感じていた。

「田中も行く?」

めぐみが誘った。守が迷っていると、そこにちょうど吉田均が通りかかった。均が歌の練習に行こうとしているめぐみを蔑《さげす》むと守は逃げるように下校してしまった。

体育館では秀雄が待っていた。みどりはピアノの前に座っている。

「じゃあ、そろそろ始めましょうか」

めぐみ以外には誰も来そうになかった。

秀雄は練習曲に『野ばら』を選んだ。

めぐみは譜面を手にして歌い出した。今まで見たことのないようなキラキラした表情だった。秀雄は指揮をしながら、うれしかった。

「杉田さん、歌ってる時、ホントに楽しそうでしたね」

みどりは職員室に戻りながら、練習のことを思い出して、愉快そうだった。

「ほかのみんなも、一度、来てくれたらいいんですけど」

秀雄は残念そうだった。

「きっと、来てくれますよ」

みどりは励ました。

「あ、帰りにスーパー寄ってかなくちゃ。冷蔵庫、からっぽなんです」

「みどり先生、先に帰っててくれますか？」

秀雄はデスクの書類を取り上げた。

「まだ、ちょっとやることがあるので――」

「わかりました。今夜は、クリームシチューですからね」

みどりははずむように言いながら、秀雄の様子が気になっていた。


「こんばんは。中村です――」

秀雄は秋本家を訪ねていた。

「考え直してくれたのかな。それとも、僕のこと、説得に来たの？」

秋本は秀雄の前にお茶を置いた。

「理事長には、おめでとうって言ってもらいたいんです」

秀雄は台所からクリームシチューの匂いがするのを感じていた。献立が一緒だとは、秀雄は秋本親子の絆《きずな》を思った。

「みどりが結婚をすると言ってきかないのは、わかると言えばわかる。でも、君はどうして？　みどりの将来を考えたら、こうはならないんじゃないの？」

秋本は問いかけた。

「理事長のおっしゃることは、よくわかりますが、僕も結婚を望んでいます」

秀雄は秋本を見つめた。

秋本はため息をつくと、サイドボードから小さなケースを取り出してテーブルの上に置いて見せた。

「みどりが結婚する時に渡そうと思ってた指輪なんだ。母から子へ、代々受け継がれてきたものでね。僕は、父親として、どうしても、みどりにこれを渡すことができない――」

きゃしゃな台座に大粒のダイヤモンドが載っている。秋本は苦渋の表情を浮かべ、ケースを閉じた。

「ただいま――」

秀雄はアパートに帰ってきた。

「お帰りなさい。ねえ、学校、何時までいました？　電話したけど誰も出なかったから」

「ああ。トイレにでもいってたんですよ」

秀雄ははぐらかすように言った。

「あ、電話って、なんでした？」

「もういいんです。トイレットペーパーを買ってきてもらおうと思ったんですけど、押入れにあったから」

みどりは何となく、秀雄が父と会っていたのだと察していた。それで、秀雄に提案してみた。

「中村先生、明日、先生たちに結婚の発表をしませんか？　いいですよね？　私たち、結婚するんですから――」

翌日、秀雄は朝のミーティングで結婚を発表した。職員たちの驚きは、すぐに祝福の拍手にかわった。

「じゃあ、将来は、中村先生が理事長ってことですか？」

岡田が屈託なく言うので、秀雄は答えあぐねた。

「おいおい、今から中村先生にゴマするつもりか？　そんなことより、お祝いしようよお祝い」

久保が、助け船を出した。

麗子はそっと席を立って、職員室から出て行った。久保が麗子を追って行くと、麗子は屋上で声を殺して泣いていた。

「結婚だなんて、あまりにもステキで。でも、やっぱり悲しいし。もうれしくて悲しくて」

麗子は久保の胸に顔をうずめて泣き出した。


その頃、田中守は螺旋階段の下で、落ち着きなく人の動きをうかがっていた。女生徒が階段を上がって行くと、守は一瞬のうちにデジカメを差し出し、盗撮した。

たまたま見ていためぐみが盗撮に気づいてカメラを取り上げた。

「何してんの」

「頼む、先生には黙っててくれ――」

守は懇願したが、めぐみは軽蔑《けいべつ》するようににらんだ。

「言いたきゃ言えよ！」

守はヤケになったように開き直った。めぐみは呆《あき》れ顔で去ろうとした。

「待てよ――ムシャクシャしてたんだよ。受験まで一年もないんだ。そのことを考えると、頭ン中がウワーッてなるんだよ」

「それで盗撮？　暗いよ」

めぐみは一蹴《いっしゅう》した。

「なあ、頼むから、黙っててくれよ」

「でも、またイラついたらどうするの？」

「そうならないようにするよ」

「歌――歌ってみれば。田中、この前さ、ホントは歌いたかったんじゃないの？」

めぐみはカメラを返すと、階段を上がって行った。

守は動揺していた。めぐみに言いつけられるような気がしていたのだ。


「理事長、正式にご結婚が決まったそうで、おめでとうございます」

古田教頭がさっそく理事長室を訪れた。

が、秋本はまったくの初耳という顔だった。

「あの、さっき、みどり先生と中村先生から発表が……」

「そう」

理事長はそっけなく答えた。

「君の娘さんて、いくつになったっけ？」

秋本はさびしそうな顔をした。

古田は何かあったのだと察した。

秋本は誰もいない西日射す教室で、古田に秀雄の病気のことを打ち明けた。

「そんな……中村先生、まだ三十前だっていうのに——」

「今後、体調によっては入院したりってこともあると思うけど、できる限り彼が教師を続けられるよう、配慮してやってほしい」

秋本は衝撃を受けている古田に声をかけた。

「はい、わかりました」

古田は秋本の厚情に打たれていた。

「中村先生はこの学校の教師でよかったですね。できる限り教師を続けることができるなんて——」

古田は秋本を尊敬の眼差《まなざ》しで見上げた。

「……僕は理事長として合格かな」

古田は当然といった顔で何度もうなずいた。

「今まで理事長がしていらっしゃったことを考えて下さいよ。地域へのボランティア活動や図書館の開放。奨学金制度だって実行なさったじゃないですか。理事長は経営者だけでなく、立派な教育者でいらっしゃいます」

すると、秋本は自嘲《じちょう》するように笑った。

「……中村くんの余命を知ったとたん、結婚に反対したとしても？　まったく、娘のこととなったらこのザマだよ。明らかに、僕は中村くんを差別的な目で見ている。立派な教育者だなんて、ちゃんちゃらおかしいよ」

秋本はさびしそうにうつむいた。

「……みどりが生まれた時に、思ったよ。いつかこの子も、お嫁にいく時がくるんだなぁって。……でも、こんな結婚、納得できないよ。今まで、何のためにみどりを育ててきたんだろうって、そんなことばかり考えてしまう……」

古田は苦悩する秋本にかけるべき言葉が見つからなかった。

その晩、秋本は暗い部屋の中で、8ミリフィルムの映像を見ていた。そこには幼い頃のみどりが映っていた。幼いみどりは無邪気な愛くるしい笑顔で、シャボン玉をとばし、カメラに向かって笑いかけている。何の心配もない、笑顔だった。

秋本は酒を飲みながら、映像をながめ続けた。この子が悲しむようなことはどんなことをしてでも避けてやりたいと思っていた。が、それでもかまわないと言って娘は出て行ってしまったのだ。

「田中くん――」

のだ。

秀雄に廊下で突然呼びかけられて、守はビクついた。盗撮のことがばれたのだと思った

「朝からちょっと元気がないみたいですけど、大丈夫ですか？」

「え……あ、はい、大丈夫です」

守は決まり悪そうにうなずいて、走り去って行った。

放課後、秀雄は体育館で練習を始めた。この日も杉田めぐみ一人だった。

「あの、杉田さん、合唱の曲をひとりで歌うのは、歌いづらいですか？　もし、ソロの曲のほうがいいなら、そうしてみますか？」

秀雄が気づかうと、めぐみはちょっと考えてから答えた。

「いえ、今の曲でお願いします。そのうち、きっと誰か来ますから——」

練習が終わって職員室で帰り支度をしているみどりに秀雄は打ち明けた。

「昼休みに教頭先生と話したんですけど、僕の病気のこと、理事長から聞いたそうです。教頭先生、ああ見えて、けっこう情があったりしますから」

「教頭先生、すごく気遣って下さいました」

みどりは古田の厚意に感謝した。

「みどり先生——」

噂をしていると、帰りかけた古田が戻って来た。

「……理事長には、言うなって言われてるんだけど。それに、他人の家族関係に口をはさむことにも興味がないんだけど。……今日、理事長、熱出して、家で寝込んでるから。寝込んでるから、ね」

古田はそそくさと帰って行った。

「行ってあげてほしいってことですよ——」

秀雄はみどりに微笑んだ。

「様子だけでも見てきて下さい。僕もそうしてほしいです」

みどりは実家に戻った。リビングに8ミリの映写機が出しっぱなしになっていた。何のフィルムだろうと思ってみどりは8ミリを回してみた。自分の子どもの頃の映像だった。これを父が見ていたかと思うとみどりはせつなくなった。

「——来てたのか」

気配を察して秋本が起きてきた。

「……起きてて、大丈夫なの？」

みどりはパジャマ姿の父を気づかった。

「あとひと晩寝れば、楽勝だよ——」

秋本は映写機が映し出している幼いみどりの映像を見た。

「……覚えてないと思うけど、みどりはこの頃、大きくなったらお父さんと結婚するって、言ってたんだぞ」

秋本は懐かしそうに目を細めた。

「お父さん――。私は、この家に生まれて幸せだった。ずっと幸せに生きてきた」

みどりは言った。

「でも、私は何のために生まれてきたんだろうって考えた時、その答えが見つかったことは一度もなかった。でも、今は違う。生まれて初めて、自分の生きる理由を見つけたの。私は今、中村先生と一緒にいるために生きてるの。結婚して、家族になって、彼を支えて、そして……彼を見送るために生きてるの――」

「そんな屁理屈《へりくつ》、聞きたくない。いいか、おまえは、この悲劇的な状況に酔ってるだけだ。だからそんなことが言えるんだよ」

秋本は娘の決心の固さに絶望していた。

「お父さんから見たら、つらい人生かもしれない。でも、私は、自分自身の人生を生きたいの――」

みどりは言った。

秋本はみどりをかわして、キッチンの棚を開けて、食べる物を探し始めた。

「何か作ろうか」

みどりが背中に声をかけたが、秋本は答えずカップ麺《めん》を開けてポットからお湯を注いでいた。秋本の目には涙があふれていた。


「結婚式って、いつだっけ？」

金田は秀雄を診察しながらたずねた。

「今度の日曜日です」

「幸せ？」

「はい」

秀雄は即答した。

「でも、欲を言えば、彼女のお父さんにも、賛成してもらってから結婚したいんですけどね」

「反対していらっしゃるんだ」

「どうしたら、わかってもらえるんですかねえ」

秀雄は途方に暮れた。

「さあ、僕は、反対されたことないから」

金田はおどけてはぐらかした。

「まったく。人ごとだと思って」

秀雄は軽口を叩《たた》いて笑った。いつからか、気がつくと秀雄は金田の前でくつろぐように笑っていた。

「中村さん――」

金田は姿勢を正した。

「遅くなったけど、結婚、おめでとう」

あらたまって言う金田の言葉が、秀雄の胸にしみた。

「先生……ありがとうございます。先生には、心から感謝しています――」

秀雄は言葉に尽くせないほど金田に感謝していた。


「ただいま。あ、カレー？　いい匂い」

みどりはアパートに戻ると、明るく言った。

「理事長、どうでした？」

秀雄はカレーをよそった。

「うん、元気だった。行かなくても全然、平気だった」

「そうですか」

秀雄は何かあったのだろうと察しながら、みどりを見つめていた。

翌日、田中守は机の中に何かが入っているのに気づいた。

それは楽譜だった。守は、知らんぷりを決め込んでCDを聴いているめぐみを見た。

放課後、めぐみはふと歌うのをやめて体育館の入り口のほうを見た。めぐみの視線の先には田中守が楽譜を持って立っていた。

「遅いよ、田中。早く」

めぐみはぶっきらぼうに言った。

守はちょっとぎこちない足取りで加わった。

「これで、合唱になりましたね」

秀雄とみどりは微笑み合った。みどりがピアノを弾き始め、めぐみと守が歌った。

守は音程をはずしている。めぐみは思わず愉快になって、笑った。

秀雄は、自分の思いはいつか生徒たちに通じるような気がしていた。そして、通じることを祈っていた。

「あ、もしもし。母さん、僕――」

結婚式の前日、秀雄は母に電話をした。

「ホントごめんね。ふたりだけで式挙げるって、勝手に決めちゃって」

『しっかりね。とちらないように、母さん、祈ってるから——』

秀雄は詫《わ》びた。

母は明るく励ました。

「そんなこと祈らなくていいよ……あ、みどり先生に代わるから」

秀雄はみどりに受話器を渡した。

「もしもし、みどりです」

『みどりさん、本当にお世話になります。お父様に、きちんとご挨拶《あいさつ》できないまま、こういうことになっちゃって、本当になんて言ったらいいのか——』

「お母さん、そのことは、気にしないで下さい」

『みどりさん、ありがとう。本当にありがとう——』

母は何度もみどりに礼を言った。

みどりは秋本家に電話をかけた。父は留守なのか、留守番電話に切り替わった。

『もしもし私です。明日、中村先生とふたりで、結婚式を挙げます——』

秋本はダイニングチェアに座って、みどりの声を聞いていた。

『中村です。理事長、勝手なことをして本当に申し訳ありません。今は、僕たちのことを信じて下さいとしか言えません。どうかお許し下さい——』

『じゃあね……お父さん』

みどりが最後に言った。

秋本はゆっくりと立ち上がり、ソファの横の妻の写真に語りかけた。

「母さん、俺は間違ったことをしてるのか――？」

午後、秀雄とみどりは熱帯植物園のガラス張りの部屋の中をのんびりと歩いていた。

春らしい、いい陽気だった。

「独身最後のデートですね」

みどりが言った。

「結婚してからも、しましょうね、デート」

秀雄は笑った。

「もちろんです」

ふたりが歩いていると、老夫婦が話しかけてきた。

「写真、撮っていただけます？」

秀雄はカメラを預かった。

「日付、入れたいんですけどねえ」

「今日は何かの記念日なんですか？」

みどりがたずねた。

「今日で、結婚して、ちょうど五十年なの」

おばあさんが言った。

「五十年？　じゃあ金婚式ですね」

秀雄は日付を設定した。

「おふたりは、新婚さんかしら？」

おばあさんがたずねた。

「明日、結婚するんです」

みどりが微笑んだ。

「明日？　幸せねえ。あなたたちも、五十年をめざしてね」

「……はい」

秀雄は穏やかに微笑んで、シャッターを切った。秀雄とみどりは老夫婦を見送った。自分たちの将来にはない姿だった。ふたりは歩き出した。自然と手をつないでいた。やがて、木の下で足を止めると秀雄はみどりを見つめた。

「みどり先生と約束したいことがあります――」

秀雄とみどりは教会で、神父の前に並んでいた。

秀雄は白のタキシード姿で、ウエディングドレスを着たみどりの美しい横顔をまぶしそうに見つめた。みどりの首には佳代子から譲り受けた真珠のネックレスがあった。

「中村秀雄さん、あなたは順境にあっても逆境にあっても、病気の時も健康の時も、死がふたりを別《わか》つまで、夫として、愛と忠実を尽くすことを誓いますか」

「はい、誓います——」

秀雄は言った。

その頃、金田は診察室でカルテを書く手を止めると、秀雄とみどりを思いながら、心の中で祝っていた。

秀雄の母は洗い物の手を止めて、ふたりの幸せを祈っていた。

「秋本みどりさん、あなたは順境にあっても逆境にあっても、病気の時も健康の時も、死がふたりを別つまで、妻として、愛と忠実を尽くすことを誓いますか——」

神父がたずねた時、ゆっくりと礼拝堂の扉が開いて、秋本が入ってきた。秋本は席についた。手にはみどりの母の指輪ケースがあった。

「はい、誓います——」

みどりは言った。

ふたりは指輪を交換すると、神父のゆるしを得て、誓いの口づけをした。ステンドグラス越しのやわらかな日差しの中で、唇と唇が重なり合った。

昨日、秀雄は植物園の木の下で、みどりと約束をした。

残りの人生をかけて愛し合うことを。

五十年分、愛し合うことを——約束したのだった。

9

「僕たちは、無事、結婚式を挙げることができました」

翌日、秀雄とみどりは朝のミーティングで結婚の報告をした。ふたりの薬指には結婚指輪があった。みどりは母から受け継いだ指輪を重ねていた。

「ねえ、どんなドレス着たの？　写真できたら見せてね」

麗子がはしゃいでいる。

「……写真は撮らなかったんです」

みどりが断りを入れた。

「ええっ、ウエディングドレス姿は、中村先生だけにしか見せないって？」

非難ごうごうの職員たちを前に、みどりは思わず笑って弁解した。

「そんなんじゃありませんよ。なんとなく、写真を撮る気にならなかっただけです」

「たぶん、今この瞬間の出来事がいつか過去になってしまうんだってこと、結婚式の時に、思いたくなかったんだと思います。――ほら、写真って、あとに残すためのものですから」

秀雄が言うと、麗子と久保は気持ちを察して黙ってしまった。

結婚式の話題が一段落すると、教頭が立ち上がった。

「えー、おめでたい話の後になんですが、中村先生の体のことで、先生方に、話しておきたいことがあります——」

教頭は秀雄の病状を告げた。話を聞きながら、何も知らなかった岡田と赤井は驚きの表情を浮かべて秀雄を見ていた。


秀雄は生徒たちに朝のホームルームで結婚を報告した。

「相手は秋本みどり先生です」

秀雄が照れながら告げると、生徒たちは最初、つまらない冗談だと思って笑っていた。

「みどり先生は今後も旧姓の秋本のまま教師を続けます。僕からの報告は以上です」

秀雄がなおも続けて言うので、生徒たちはきょとんとした顔で秀雄を見つめた。

「おめでとうございます」

めぐみが拍手した。ほかの生徒たちもつられて拍手を始めたが、ほとんどがまだ信じられないといった顔をしていた。

「ありがとうございます。じゃあ、一時間目が始まりますので——」

秀雄は照れもあって、そそくさと教室を出て行った。

秀雄がいなくなると、3年G組は大騒ぎになった。

「マジかよ。びっくりしたぁ」

「みどり先生なら、もっといい人と結婚できたのに」

驚きの声が圧倒的だった。

「いいじゃん、中村——」

りなは感激していた。

「今だから言うけど、中村、すごく親身になってくれたことがあったんだよね」

「私と雅人もだよ。ね？」

萌が雅人に同意を求めた。雅人は渋々といった顔でうなずいた。

「もしかして、栞も？」

「え……まあね……」

「うん。似合ってるよ、中村とみどり先生」

生徒たちは次第に納得し始めた。

めぐみは聞いていてうれしくなった。

「ねえ、放課後の合唱の練習だけど、どんなの歌ってるの？」

りなが興味を示したのをきっかけに、話の輪が広がっていった。

そして、放課後、秀雄とみどりが体育館に行ってみると、めぐみと守のほかに、りな、雅人、萌、愛華の四人が加わって、それぞれのパートの声を出しながら練習していた。秀雄はうれしくて思わず満面の笑みを浮かべた。

「ソプラノ、アルト、テノール、バス。すべてのパートが揃いますね」

みどりはうれしそうにピアノに向かった。

「続けるかどうかは、まだわかんないよ」

「やっぱり、歌ってみないと」

雅人とりなが言った。

「じゃあ、さっそく歌いましょうか」

「そうですね」

秀雄とみどりは微笑み合った。

「その前に、聞かせてよ。ふたりのなれそめ」

生徒たちは愉快そうにふたりをからかい始めたのだった。

「へえ、合唱ねえ」

金田は感心しながら、秀雄の体の検査データをながめた。

「まだ、参加してくれる生徒は少ないんですけど、合唱を通じて、生徒に伝えたいことがあるんですよね」

秀雄は意欲的な表情を見せている。

「ちょっとヘモグロビン値が下がってるな。疲れたと感じたら、体、休めてね」

金田の表情がくもった。秀雄の体は免疫力が落ち始めていた。無理をすると、患部から出血して、昏倒《こんとう》するケースも考えられた。

「はい。学校の先生たちにも、病気のことを知らせましたし」

秀雄は体調の衰えを自覚し始めているようだった。

「結婚生活のほうは？」

金田は話題を変えた。

「イヒヒ」

秀雄は笑っている。

「そうきたか」

「もちろん楽しくやっていくつもりですけど、ふつうの新婚さんとは、やっぱりちょっと違いますね」

秀雄は淡々と言った。

「結婚したら、ふたりで将来のことを、いろいろ決めていくんでしょうけど、僕たちは死に向けて、決めなきゃいけないこともあったりしますから。――あ、たとえば遺影なんですけど」

「イエイ？」

金田はオウム返しにたずねた。

「写真です。死んだ時の」

「ああ、その遺影」

「僕のように、余命がわかっている人って、自分で決めておくもんなんですかねえ……」

秀雄の疑問が金田には新鮮だった。

「どっちでもいいんじゃないの」


一度遺影について考え始めると、秀雄はもう止まらなかった。

秀雄はその日のうちにみどりには内緒で、近所の古びた写真館を訪れていた。

「もう少し、あご、ひきましょうか」

年老いたカメラマンが指示を出した。

秀雄は笑ってみたが、自分でもぎこちない笑顔だと思っていた。何度も笑おうとしたが、やはりぎこちなさは消えなかった。

「あの、すみません。今日は、やっぱりやめときます——」

秀雄はカメラマンに謝った。

素敵な笑顔を残したかった。なにしろ、人生最後の写真なのだから。

その晩、秀雄の部屋に秋本がやってきた。みどりは初めて招いた父のために手巻き寿司《ずし》を用意していた。

「これ、遅くなったけど、お祝い――」

秋本はかしこまりながら秀雄に祝儀袋を渡した。

秀雄とみどりは一緒に頭を下げて受け取った。

手巻き寿司の準備が調うと三人は小さなテーブルを囲んで仲よく「いただきます」と掌《て》を合わせた。

「脚、伸ばして下さいね。ホントに狭いところで、すみません」

秀雄は恐縮していた。

「いや、こっちこそ押しかけちゃって」

秋本も恐縮している。

「そうよ、まったく」

みどりが容赦なくつっこむと秋本はすねた。

「だって、見たいじゃないの。ふたりがどんなところで生活してるか。――あ、このご飯、ちょっとやわらかすぎない？」

今度は秋本がつっこんだ。

「いいの。中村先生は、なんでもおいしいおいしいって、食べてくれるんだから」

親子はこの間までの騒動が嘘のように、仲よく軽口を叩《たた》き合っている。

「だって、ホントにおいしいからですよ」

秀雄はふたりのやりとりを微笑ましく見つめていた。

食事が終わると、秀雄は秋本を表通りまで送っていった。

「……ねえ、よかったら、ウチで一緒に暮らさない？」

秋本は迷った末に切り出した。

「……ありがとうございます。でも、僕は今のまま暮らしていきたいと思います」

秀雄が答えると、秋本は残念そうにうなずいた。

「あの……僕が言うのもなんですけど、みどり先生は、きっといつか再婚する日が来ると思います。だから、たとえ短い間でも、僕はあの家に住まないほうがいいんじゃないかって——」

「そうか……」

秋本はやるせない表情でうつむいた。

「でも、僕たちの結婚を認めて下さり、本当にありがとうございました。……お義父さん」

秀雄は小さな声で言った。

「こちらこそ、みどりをよろしくお願いしますよ。……秀雄くん」

義理の親子は顔を見合わせて、照れ笑いをしていた。

その晩、岡田と赤井は久保と麗子を前に、居酒屋でしみじみと秀雄とのエピソードを語っていた。岡田はショックのあまりすっかり酔っていた。

「僕、初めて陽輪学園に来た時、急におなかが痛くなっちゃったんですよ。あせってトイレに駆け込んで、なんとかセーフだったんですけど、トイレットペーパーが切れてて。とにかくどうしようって思ってたら、人の気配がしたんで『すみませーん』って、呼んだんです。そしたら中村先生で、上からトイレットペーパーを渡してくれたんですよ」

「ああ、僕も一回あった。トイレットペーパー、切れてたこと。人を呼んだら、やっぱり中村先生だった」

「ええっ、赤井先生も、中村先生だったんだ」

「うん。なんで中村先生なんだろうねえ」

岡田と赤井は互いに笑い合ったが、すぐに真顔になってしまう。

「なんでなの？　なんで中村先生が……」

岡田と赤井は揃って泣き上戸になった。

「今のうちに、とことん泣いておきなさい」

これまでさんざん泣いた麗子が言った。

「そ。中村先生とみどり先生の前では、絶対泣くなよ」

久保が岡田に釘《くぎ》を刺した。

「わかってますよぉ」

岡田はテーブルに顔を伏せた。

「泣くのは今日だけだから。僕、日々の生活を見直して、心を入れ換えて頑張ります」

決意も新たな岡田だったが、翌朝、職員室のソファでだらしなく寝ているところを発見された。昨日、飲んだ後に忘れ物を取りに来て、そのまま寝こんでしまったらしい。

「日々の生活を見直して、心、入れ換えるとか言ってなかった？」

麗子は呆《あき》れた。

古田教頭が登校してきて、岡田を起こした。

「えっ、なんで⁉ なんで僕、こんなところで？ ああ……」

岡田はハッと飛び起きると、自己嫌悪に陥っていた。

3年G組の合唱の練習は和気あいあいとした雰囲気の中で進んでいた。めぐみたちの呼びかけで、生徒は一人、二人……と日を追うごとに増えていった。そして、ついに体育館には均と栞以外のすべての生徒が集まるようになった。

3年G組の教室では、均と栞とふたりきりで残って勉強していた。

「塾、行かなきゃ」

均は問題集を片づけた。

「あいつら、よく合唱なんてするよな。ま、ライバルが減っていいや。……っていうか、あいつらじゃ、ライバルにならないけど」

均はフンと鼻で笑って、帰って行った。

栞は参考書を見ながら、落ち着かなかった。体育館のクラスメイトが気になっていた。

翌日の昼休み、G組の生徒たちは弁当を食べながら親の愚痴を言い合っていた。

「なんかさ、親が、合唱なんてやめろってうるさいんだよ。塾、遅刻してるのバレちゃってさ」

雅人はうざったそうに言った。

「ウチも」

「私は塾の先生に怒られた。歌う時間があったら英単語、覚えろって」

生徒たちは苦笑した。

「でも、合唱って、はまるよね」

りなが言った。

「はまった」

「え、田中も？　あんなに下手なのに」

「うるせー」

「でも、だいぶマシになったんだから」

めぐみがフォローを入れた。

栞は守やめぐみたちの会話を興味ありげに聞いていた。

「フン。それが受験生の会話かよ。時間なんていくらあっても足りない時に」

均は茶化すように笑って、一蹴《いっしゅう》していた。

その日、秀雄は生物の授業の前にある提案をした。

均は自分には関係ないことだとうつむいて英語の勉強を始めている。

「どうせやるなら目標を持ってみてはどうでしょうか。合唱コンクールに出場しませんか？　毎年行われている高校生の合唱コンクールです」

秀雄の提案に、めぐみはうれしそうに顔を輝かせて賛成した。

「先生。合唱、合唱って、楽しそうにやってますけど、何の意味があるんですか？」

均は顔をあげ、茶化すように口をはさんだ。

「吉田くんが、この学校にいる意味は、なんですか？」

秀雄は逆に質問した。

「希望の大学に入るためです」

均は迷いなく答えた。

「その通りです。でも、高校生活は、大学受験のためだけにあるんじゃないと思うんです」

「どういう意味ですか」

「つまり……たとえば、高校生活は、いい大学に入るためにあるとしましょう。大学は、いい会社に入るため、会社に入ったら係長になるために仕事をし、係長は課長になるために、次は部長になるために。出世は、たくさんの退職金をもらうため、たくさんの退職金は老後を豊かに過ごすため。こんなふうに将来のために、今を犠牲にして一生を過ごしたとしましょう。そうやって生きてきた道には、自分の足跡が何も残ってないような気がするんです。――なんか、うまく言えませんけど……」

秀雄は均を見た。

「つまり、将来を考えて生きることも大切ですけど、その時その時も、しっかり生きてほしいんです。高校生である君たちが、今、歩いている道に、しっかりと足跡をつけてほしいんです――」

秀雄の話に生徒たちはいつになく真剣に耳を傾けていた。

「でも、どうして合唱なの？」

りなが疑問をぶつけた。

「合唱である必要はありません。僕は歌が好きなので、その楽しさを伝えたいっていうのがありました」

「そんなに歌が好きなの？」

「恥ずかしいんですけど、僕は子どもの頃、歌手になるのが夢でした」

「歌手？」

「テノール歌手になるのが、夢だったんです」

生徒たちは秀雄の夢を聞いても笑わなかった。それどころか、かつて自分たちが持っていた夢をそれぞれの心の中で思い出しているようだった。

「どうでしょう。一緒に合唱コンクールを目指してみませんか？」

秀雄は問いかけて、話をしめくくった。

その日の放課後は、合唱の参加人数が減っていた。

「今日は、男子が少ないですね」

みどりがざっと数えた。

「親に合唱を反対されたみたいです」

守が代表して答えた。

秀雄が見ると、生徒たちの顔にいつもの明るさがない。

「……君たちの中にも、反対されている人、いるんですか？」

生徒たちは言い出さなかったが、秀雄はその様子から察した。

その時、雅人の携帯電話が鳴った。雅人の母親からだった。

「だから塾には行くって。切るよ」

雅人は電話を切ってからも、イラついていた。

ほんの一時間ほどの練習だったが、合唱の練習に思わぬ横やりが入った。


その晩、秀雄はみどりと話し合った。

「保護者から、反対の声が出てるみたいですね」

秀雄は残念だった。

「生徒たちも迷ってるみたい。合唱はやりたいけど、親の言うことももっともだって」

「保護者の方々にもわかってもらえるといいんですけど」

「中村先生、生徒たちから聞きましたよ、足跡の話」

みどりに言われて、秀雄は少しうれしかった。生徒たちは受験のことで悩みを抱えている。彼らは彼らなりに秀雄の話を受け止めてくれたのだろうか。

「僕が言いたかったこと、ちゃんと生徒に伝わってるといいんですけど……」

「私は伝わってると思いますよ」

みどりは励ますように笑った。

秀雄はふと思いついて、ビデオカメラの三脚を取り上げた。

「これ、もう片づけようと思って」

「ビデオ日記、やめるんですか？」

「はい。今、ようやくわかりました。どうして自分がビデオ日記をやろうと思ったのか。余命一年と宣告された後、僕は、それまでの二十八年間を後悔しました。僕が歩いてきた道には、足跡がついていないような気がしたからです。そして、残り一年を悔いなく生きようと決心しました。でも、ちゃんと足跡をつけているかどうか不安で……ビデオ日記をつけることで、自分が生きていることを確認したかったんだと思います」

秀雄はあの頃の思いが懐かしかった。

「――でも、もうビデオ日記は、必要なくなりました。僕は、今、ちゃんと足跡をつけて歩いてるって、言えますから」

「はい、大丈夫です。私も保証します」

みどりが微笑んだ。

秀雄はカメラを三脚から外して、片づけ始めた。

「今まで撮ったビデオテープはどうするんですか？」

「もともと誰かに見せるためのものじゃないし、残しておかないほうがいいと思います」

秀雄はきびきびとテープを片づけていた。みどりは今の自分の気持ちをうまく整理できなかった。秀雄との思い出を残すことを考えるより、今この瞬間を生きるほうが大事だと頭ではわかっていたけれど、思い出は秀雄がいなくなっても消えないでほしいと思っていた。


「麗子先生だったら、どうします？　彼の写真やビデオ、取っておきたいと思います？」

みどりは翌日、職員室で麗子に相談した。

「そうねえ、つきあってて別れた人との思い出の物は、ぜーんぶ捨てちゃうけど。みどり先生の場合は、好きなまま別れるんだもんね。……あ、ごめん――」

「いえ、私こそ、こんなこと聞いてすみません」

「ううん……。ねえ、ふたりの写真って、一枚もないの？」

「はい。田舎で一緒に撮った写真は、現像してみたらピンボケだったし。やっぱり、思い出は形で残すなってことなのかなぁ」

みどりはうかない気持ちを抱えたまま、しばらく考え込んでしまった。

「お話がございます――」

放課後、PTA会長の田岡雅人の母親を筆頭に、秀雄のクラスの保護者たちが職員室に押しかけてきた。

「あ……これはこれはお揃いで」

古田教頭はめがねをずりあげながら、内心困ったことになったと思った。

「君のクラスの合唱の件で」

古田は小声で秀雄とみどりを呼びつけた。

「合唱は塾に遅刻してまでやることなんでしょうか。だいたい、三年生の部活は、禁止のはずです」

雅人の母親が代表して口火を切った。

「別に部活というわけじゃなくて――」

秀雄は説明しようと歩み寄った。

「――部活と同じですよ。放課後に残って練習しているんですから」

「そうなんですが――」

「今の時期、受験より大切なことなんてないはずです」

「受験は大切だと思います。でも、高校生活、それだけじゃないと思うんです」

「受験なんて、どうでもいいって言うんですか?」

「いえ、そんなことはひと言も――」

　雅人の母は大声を張り上げた。

「――とにかく、子どもが塾に遅刻しているのは事実です。合唱部は廃止すべきです。大学受験はこの一年が勝負なんですから。よろしくお願いしますよ――」

　秀雄とみどりが練習に来ないので、めぐみがピアノを弾いて守に発声を教えていた。生徒たちは待っているうちに次第に焦りと迷いが生じていた。

「なんか焦ってきた。俺たちがこうしてる間に、必死になって勉強してるやつらがいると思うとさ。でも、中村が言ってたことも、わかるし」

　守はどうしていいのかわからなくなった。

　田岡雅人の母親が有無を言わせない迫力で、体育館に現れた。

「雅人、帰りましょ。今日から家庭教師の先生がみえるの忘れたの？」

「こんなところまで来るなよ。恥ずかしいだろ」

「恥ずかしいって何。ママのことが恥ずかしいって言うの？」

「……わかったよ。とにかく、ちゃんと帰るから、先、行っててくれよ」

「どっちみち、合唱部は解散よ。たった今、先生に話をつけてきたんだから」

「え、中村、合唱、やめるって言ったの？」

「ええ、そうよ。じゃあ、ママ、先、帰るけど、雅人もすぐに帰ってくるのよ」

雅人の母親は帰って行った。

「……なんだよ。中村のやつ、言い出しといてやめるのかよ」

雅人は母親がいなくなるとでかい口を叩《たた》いた。

「ママって呼んでるの？」

萌は母親の言うなりになっている雅人にがっかりした。

雅人は苛立《いらだ》ちながら立ち上がると、そのまま帰って行った。

残った生徒たちはいっこうに現れない秀雄を思うと、解散の話が本当なのではないかとショックを受けていた。


その頃、秀雄は職員室で古田教頭と向き合っていた。

「確かに保護者の方が心配されるのは、わかります。でも、受験勉強の邪魔はしません」

秀雄は言った。

「でもね、現に生徒たちは、塾に遅刻しているんだよ」

古田はやんわりと注意を与えた。

「ちゃんと注意します。あ、それから、合唱の練習を放課後ではなく、昼休みにすることも考えます」

「君の気持ちはようくわかった」

古田は話をしめくくろうとした。

「だったら、このまま合唱を続けることを許可して下さい」

みどりも食い下がった。

「私もつらいんだからさ……」

「お願いします。何度も言いましたけど、合唱を通じて、生徒たちにわかってもらいたいことがあるんです。教師として最後に……どうしても伝えたいことが……あるんです」

秀雄は悲痛な表情になった。

「……中村先生が、合唱をやりたい理由は、よくわかったよ。でも、そう簡単に規則を変えることはできない。保護者を裏切ることになるでしょ。ウチの規則を信じて、子供たちをこの学校に来させてるんだから。だから——」

教頭はふと秀雄の様子がおかしいのに気づいた。

「中村先生？」

みどりが呼びかけたが、秀雄はふらつくように床に倒れた。

「中村先生、聞こえる?!」

みどりはしっかりとした声で呼びかけた。

「救急車、呼ぼう」

久保が電話を取った。

サイレンを鳴らさずに救急車は学園に到着した。

雅人は職員室前の廊下を歩きながら、救急隊員に運ばれて行く秀雄を見た。付き添うみどりやその様子から緊急の事態だと察した。ちょうど帰ろうとしていた栞もそれを見ていた。雅人と栞はどうしたのだろうと互いに顔を見合わせた。

「大丈夫ですよね。このままってことないですよね」

岡田はすっかり取り乱して、大声をあげている。

「落ち着きなさいよ」

古田が一喝した。

「だって、中村先生、まだ八ヵ月や九ヵ月は、生きられるって言ってたじゃないですか」

騒ぐ岡田の声を、廊下にいた雅人と栞が聞いてしまった。

「まだ死なないですよね?! こんなに早く、死んじゃったりしま――」

「――死ぬわけないじゃない」

麗子が岡田の頬を打った。岡田は少し落ち着きを取り戻すと、麗子に詫《わ》びた。

久保はふと廊下に目をやると、立ちつくしている雅人と栞の姿に気づいた。

「――今は、不用意に言うんじゃないぞ。わかるな」

久保は二人に告げた。

めぐみたちが帰ろうとしていると、帰ったはずの雅人が体育館に戻ってきた。

「……もうすぐ死んじゃうらしいよ」

雅人は信じられないといった顔でつぶやいた。

「中村、もうすぐ死んじゃうんだって」

雅人は重すぎる秘密に堪えきれず、めぐみたちに告げた。

栞は栞で、G組の教室に戻って均に秀雄のことを告げていた。

「……マジかよ」

均は感想をもらした。

「……信じられないけど」

栞もぼんやりとつぶやいている。

均は鞄《かばん》を持って、立ち上がった。

「どこ行くの？」

「……塾の時間だから」

「こんな時によく行けるね」

栞は均に呆《あき》れた。

秀雄は敬明会病院に運ばれた。

「胃の出血は止まっていますが、貧血がひどいので輸血しましょう」

金田は身内であるみどりに病状を説明した。

「どのくらいの入院が必要ですか?」

みどりは冷静にたずねた。

「順調に貧血が改善されれば、三、四日です」

「退院したら、またふつうの生活に戻れますか?」

「はい。でも、再出血の可能性があります。食事がとれなくなると再入院が必要となります」

金田はみどりに告げた。病状は予断を許さなかった。

秀雄は眠っていた。みどりはベッド脇の椅子に座って、秀雄の顔を見つめていた。みどりは気丈にふるまっていたが、内心、動揺していた。覚悟していたつもりだったが、突然倒れた時には、もうこれきり会えなくなるかもしれないと考えもした。

「――どう? 秀雄くん」

秋本が入院のための荷物を持って駆けつけた。秋本は眠っている秀雄を見てオロオロしている。

「ホントに大丈夫? もう一回、ちゃんと検査してもらったほうがいいんじゃないの?

みどりも気が動転したと思うけど、しっかりしなきゃダメだぞ。秀雄くんも頑張ってるんだから」

「お父さんこそ、しっかりね」

「え……俺は大丈夫だよ。あ、とりあえず、必要な物は持ってきたつもりだけど、ほかにいるものがあったら言って」

「ありがとう」

「……それから、秀雄くんのクラスの生徒で、病気のことを知ってしまった子がいるらしい」

秋本は困った顔でみどりに告げた。

みどりはこれからのことを思い、自分がしっかりしなければと、心を奮い立たせた。

体育館には秀雄が倒れたという知らせを聞いて、G組の生徒たちが駆けつけていた。雅人の携帯電話が鳴った。

『雅人、今、どこにいるの？　家庭教師の先生、いらしてるわよ――』

母親のヒステリックな声が耳に響いた。

「わかった。行くから」

雅人は面倒くさそうに電話を切った。雅人は秀雄からもらった手紙を思い出していた。

『――患者の中には、命に関わる問題を抱えた人もいるでしょう。たったひとりで病気と向き合っている人もいるでしょう。怖くて怖くてしょうがない人もいるでしょう――』

まさか、それが秀雄自身のことだったなんて……。

『あと一年しかないと思って何もしない人は、五年あっても十年あっても何もしないと思います。だから、一年しかないなんて言ってないで、やってみましょう。この一年、やれるだけのことをやってみましょう――』

栞はいつかのホームルームの話を思い出していた。一年という言葉が今は重かった。

『……必ず、歌手になって下さい。僕のためにも。応援しています――』

めぐみはいつか自分に言った秀雄の言葉の意味を悟った。

『将来を考えて生きることも大切ですけど、その時その時も、しっかり生きてほしいんです。高校生である君たちが、今、歩いている道に、しっかりと足跡をつけてほしいんです』

シーンと静まりかえった体育館で、誰もが秀雄のことを思って、その場を動けないでいた。生徒たちは体育館の冷たい床に座って膝《ひざ》を抱えていた。

その時、静寂を破るように雅人の携帯電話がけたたましく鳴り出した。

『雅人！　ホントはまだ学校にいるんじゃないの!?　中村先生が、そこにいらっしゃるなら代わってちょうだい！　まったく、あれほど言ったのに、ねえ、もしもし――』

雅人は電話を切った。

めぐみは何か思いついたように立ち上がった。

「まだ、眠っているみたいだね」

金田が秀雄の様子を見にやって来た。

「何かあったら呼んで下さい」

金田は、憔悴《しょうすい》しているみどりに声をかけて病室を出て行った。

春の夕方の風に乗って、かすかに歌声が流れてくる。みどりはカーテンを開けると、窓の外を見下ろした。G組の生徒たちが病院の中庭に集まっている。めぐみや萌やりな、愛華や守、雅人に栞までが中庭に立って『野ばら』を歌っていた。

みどりは窓を開けた。秀雄の耳にも届くように——。

廊下を歩いていく金田にも生徒たちの歌声が聞こえてきた。金田は立ち止まって耳を澄ました。トーンはばらばらだったが、それは秀雄への思いを込めた心にしみいるような歌声だった。

中庭で歌う生徒たちを、少し離れたところから、男子生徒がひとり見つめていた。

吉田均だった。均はクラスメイトたちの歌声に加われないでいた。

やがて、合唱の声がやんだ。

生徒たちは窓辺にたたずむみどりに向かって一礼をすると、静かに帰って行った。みどりは胸がいっぱいになって、会釈するのがやっとだった。

ふと、ベッドの秀雄を見ると、ぼんやりと目を開けていた。

「中村先生――」

みどりは声をかけた。

「ここは病院です。ちょっと貧血を起こして、輸血が必要になりました。でも、三、四日で退院できますから」

みどりは秀雄を安心させようと、微笑んだ。

「歌が聞こえた……」

秀雄は夢から覚めたばかりのようにつぶやいた。

「……とてもきれいでした。天使たちが、歌っているのかと思いました――」

秀雄はすっきりとした表情で微笑んでいた。

秀雄の声をきくと、それまで気丈にふるまっていたみどりは急に力が抜けてしまった。

「写真がほしいです……」

みどりの口からポロリと素直な気持ちが飛び出していた。

「やっぱり私、中村先生と一緒に写った写真がほしいです。中村先生が倒れて、もしかしてこのまま……さよならになったらどうしようって、一瞬ですけど思いました。そうしたら、どうしても一緒に写った写真がほしいって思いました。一枚だけでいいんです」

みどりはそれだけ言うと、秀雄の手を握った。

秀雄は横たわったまま、みどりを見つめ、静かに笑みを浮かべていた。

秀雄は退院すると、今度はみどりと一緒に写真館を訪れた。ふたりは並んでカメラの前に立った。秀雄はみどりの隣で、自然な微笑みを浮かべていた。おそらく、これが自分の遺影になるのだろうと思いながら。

そうして、秀雄はゆるやかに心の準備を始めていた。やがて訪れる、永遠の別れの日に向かって――。

10

「無事、退院することができました――」

秀雄は朝のミーティングで職員たちに復帰の報告をした。

「ご心配をおかけしてすみませんでした。……こんなことがあった以上、仕事は続けるべきじゃないかもしれません。体はますます悪くなっていくわけですし……。でも、どうしても最後までやりたいんです――」

秀雄は深々と頭を下げた。職員たちは皆、心配そうに秀雄を見守っている。

「本当に勝手なお願いだと思いますけど、どうか、よろしくお願いします――」

「よろしくお願いします――」

秀雄の隣では、みどりも一緒に頭を下げている。

「中村先生、俺たち、ちゃんとわかってるから」

「そうよ」

久保と麗子が秀雄を励ますように言った。

「ありがとうございます」

秀雄は本当に感謝の気持ちでいっぱいだった。

「心配なのは生徒たちだね。動揺してるみたいだからな」

教頭が顔をくもらせた。

「ちゃんと話します」

秀雄は覚悟を決めていた。

「そうだね。あとは……合唱のことなんだけど、保護者の反対の声もあるし、学校の方針としても、認めるわけにはいかないんだ。わかってもらえるよね」

教頭は立場上つらそうだった。

「受験勉強にさしつかえなかったら、合唱を続けても大丈夫ですか？」

秀雄は切り出した。

「え、どういう意味？」

「教頭先生、僕とみどり先生に考えがあるんですけど、聞いてもらえますか？」

秀雄は微笑みながら教頭にその考えを告げた。

秀雄は3年G組の教室に入った。生徒たちは静かに秀雄を待っていた。

みどりは教室の後ろで、様子を見守っている。

「無事、退院しました。病院に、来てくれたんですよね。皆さんが歌ってくれた歌、ちゃんと聞こえましたよ」

秀雄はおだやかな表情で生徒たちを見わたした。

「僕の命が、残り少ないことは、事実です。変えることのできない運命なんです。でも、僕には今、迷いや恐れはありません。残りの人生をしっかり生きるだけです。目標だってあります。皆さんと合唱コンクールに参加することです」

「……合唱は、もうできないんじゃないですか？」

雅人が言った。

「受験勉強にさしつかえるなら、やめるべきだと思います。でも、勉強と合唱、両立できれば、合唱を続けられることになりました」

秀雄が言うと、生徒たちは驚いたように顔を見合わせた。

「今度の模試で、第一志望の大学が合格圏内に入るようにして下さい。つまり、A判定の成績をとるんです。全員、A判定をとったら、合唱は続けられます」

秀雄は言った。職員室で教頭に話したのはそのことだった。

全員A判定……ときいて、生徒たちは早くもあきらめたような顔をしている。

「考えてみて下さい。両方やってみるかどうか――」

生徒たちの気持ちに任せようと秀雄は教室を出た。

「先生――」

杉田めぐみが心配そうな顔で、廊下に出てきた。

「……先生、本当に怖くないの？……死ぬこと」

めぐみはたずねた。

「はい、怖くありません」

秀雄は微笑んだ。偽らざる答えだと思っていた。

――僕は今、死ぬことを恐れてはいない。

秀雄はやるべきことを抱え、生への希望に満ちあふれていた。


「ピピ島はやっぱり無理かぁ……」

翌朝、秀雄は朝食を食べながらみどりに言った。

「飛行機の中で、何かあったら大変だし」

ふたりは新婚旅行の相談をしていた。傍らには写真館で撮ったふたりの写真が飾ってある。

「そのうちどこか近いところに行きましょう」

みどりは提案した。

「行くとしたら、どんなところがいいですか？」

「どこでもいいですよ。みどり先生と一緒なら」

「どこがいいのかなぁ」

みどりは考え始めた。

「できたら、星がたくさん見えるところがいいです」

秀雄が希望を言った。

「――星？」

「はい」

「あ、もうこんな時間。急がなくちゃ」

秀雄とみどりは急いで朝食を食べた。


その日、古田教頭は理事長の前に立っていた。

「つまり、今度の模試で全員がA判定なら、合唱を続けさせるってこと？」

秋本はたずねた。

「はい。私の勝手な判断で、決めてしまい申し訳ありません。保護者には、すでに同意を得ています。まあ、父兄が同意したのは、全員A判定は、不可能だと思ってるからなんですけど――」

古田の話を秋本はおし黙ったまま聞いている。

「……あのう……まずかったですか？　勝手に決めてしまって」

ふと見ると、秋本は笑みを浮かべていた。

「君、初めてだね。私の顔色をうかがうことなく、何かを決めたの」

「……え……まあ、結果はわかっているというか、どうせ合唱は解散なわけですし、いちいちご相談するまでもないと思いまして」

古田は言い訳をするように言った。

「ホントに無理だと思ってる？」

「え――」

「いや。合唱、続けさせたいっていう顔、してるからさ」

秋本は愉快そうだった。

中村秀雄の思いは、少しずつ周囲の状況を変えていた。

みどりは3年G組で国語の授業をしていた。

「じゃあ、今日はここまでにします」

チャイムが鳴って、生徒たちは出て行くみどりをぼんやりと見ていた。秋本みどりは以前と変わらぬ明るさで授業を行っていた。

「みどり先生って、中村が死んじゃうってわかってても、結婚したんだよね」

萌は感動していた。

「中村も、死んじゃうってわかってて、結婚したんだよな」

雅人が言った。

「合唱コンクールもあきらめずにやろうとしてる」

めぐみはみんなに言った。

「なんでそんなふうになれるの？」

生徒たちはふたりの教師の気持ちを思って、ふいに黙りこくった。

G組の生徒たちは、迷っていた。合唱と受験の両立ができるのかどうか。それより前に、模試で全員が第一志望の大学のA判定をとるなんて、不可能に近いと思っていた。

やがて、田中守が言った。

「全員がA判定なんて無理だと思うけど、チャレンジしなきゃいけないんじゃないの？」

「っていうか、絶対無理って、決まってるわけじゃないよね」

りなが言った。

「まさかおまえら、合唱と勉強の両立、やろうとしてる？」

吉田均が呆《あき》れたように言った。

「――中村に同情かよ」

均はフンと鼻で笑った。

「そんなんじゃないよ」

りなが否定した。

「いや、同情だよ。俺はそんなことで、一生を台無しになんか――」

「――ねえ、覚えてる？　本の話」

栞が均の言葉を遮って、話に加わった。

栞は秀雄の言葉を思い出しながら、クラスメイトたちに「ずっと読もうと思ってて、結局読まなかった本の話」を伝えた。

『あと一年しかないと思って何もしない人は、五年あっても十年あっても何もしないと思います。だから、一年しかないなんて言ってないで、やってみましょう。この一年、やれるだけのことをやってみましょう――』

栞は秀雄の言葉がきっかけで、受験勉強をあきらめない勇気を持ったのだ。

栞の話を聞いて、生徒たちはチャレンジしてみようという気持ちを固めた。

秀雄の思いは、新たな芽となって生徒たちの中で生きようとしていた。


その午後、秀雄が3年G組で生物の授業を始めようとすると、生徒たちが次々に生物の教科書を開いていくのに気づいた。生徒たちは顔をあげて秀雄の授業を聴こうとしている。

「あの、僕が言うのもなんですけど、生物は受験や模試に関係ないんじゃないですか？」

秀雄は驚いた。

「先生が言ったんじゃん。やれるだけのことをやってみようって。受験勉強も合唱も……それから生物の授業も」

りなが明るい顔で言った。

「はい、やってみましょう」

秀雄はうれしかった。

均だけが視線を落とし、数学の勉強をしていた。

放課後、秀雄がみどりと一緒に合唱の練習をしに螺旋《らせん》階段を上って行こうとしていると、険しい顔つきで帰って行く均に気づいた。クラスでは均だけが練習に参加していない。それはともかく、秀雄はいつも張りつめている均の様子が気がかりだった。

「吉田くん――」

秀雄は均を呼び止めた。

「前回の模試は、B判定でしたよね」

「そうですけど」

「今度の模試では、成績アップして下さい。必ず、A判定をとって下さい」

秀雄は微笑んだ。

「……A判定は、合唱やってるやつらがとれば、いいんじゃないですか？　僕は関係ありませんから――」

均はつっぱった。

「わかりました。とにかく頑張って下さい」

秀雄は励まして、均を見送った。


その晩、秀雄の部屋では、職員たちが集まって快気祝いを開いてくれた。

テーブルの上には、宅配ピザとビールが並んでいる。

「わが家特製のサラダです」

みどりが大きなサラダボウルを運んできた。

「うまそう」

久保が言った。

「ホントにおいしいですよ」

秀雄はさりげなく自慢した。

「いいないいな。ホントにいいな」

若い岡田は部屋を訪れた時からそればかり言っている。

「改めてわかりましたよ。僕、結婚願望めちゃくちゃ強いって」

「気持ちはわかるけど、彼女いないんじゃなぁ」

赤井が茶化した。

「そうなんですよ。でも、絶対、久保先生より先に、彼女作りますから」

岡田はひとりで燃えている。

「俺、彼女は当分いいや――」

久保が言った。

「余裕だねえ」

赤井が感心した。

「こうなったら、絶対年内に結婚してやる」

岡田はヤケになって燃えている。

「私もしようかなあ、結婚――」

麗子が言った。

「またあ。いつでもできるようなこと言って」

久保がからかった。

「あんたねえ、私をお嫁さんにしたいっていう人、たくさんいるんだからね」

「はいはい」

「あ、信じてなーい」

「そんなことないよ」

「ほら、やっぱり信じてない」

久保と麗子が軽口を叩《たた》き合うのを、みんなはニヤニヤしながら見ていた。

久保と麗子は、みんなから見てもいいカップルだった。


「このへんでいい？」

みどりはみんなが帰ると、秀雄の背中をさすった。秀雄は横になっている。

「もうちょっと下。胃の後ろのあたりをお願いします」

「つらいですか？」

「ちょっと食べすぎただけだと思います。つい、みんなにつられちゃって」

秀雄は苦笑した。

「私も今日は、食べすぎちゃいました」

「楽しかったし」

秀雄が言った。

みどりはやさしく秀雄の背中をさすっている。

秀雄はふと吉田均の張りつめた顔を思い出した。均にも仲間がいれば気持ちが楽になるかもしれないと思った。

「吉田くんも歌ってくれるといいですね」

みどりが言った。

秀雄はうれしかった。みどりもまた同じことを思っていたのだ。

3年G組の生徒たちはA判定を目指して真剣に勉強を始めた。

「先生、質問いいですか？」

久保の数学の授業で、めずらしく守が質問をした。

「田中、授業の邪魔すんなよ」

均が迷惑そうに言った。

「邪魔ってなんだよ」

「先生、授業、先に進めて下さい。田中のレベルに合わせてたら、全然進みません」

均はひどくいらついている。

「八つ当たりすんなよ――」

守が言った。

「おまえ、成績落ちてんだろ？」

「おい、そこまでだ」

久保が割って入ると、均と守は黙った。久保はいらついている均の様子が気になった。

均は昼休み、屋上でパンと牛乳を手にしてぼんやりと景色を見ていた。

久保がやってきて均の隣に並んだ。

「勉強、うまくいかないか？」

久保は声をかけた。

「頑張っても、うまくいかない時って、あるんだよな」

「……久保先生でも、そういう時、あるんですか？」

均は意外そうにたずねた。

「あるよ」

久保は笑った。

「……そういう時、久保先生ならどうするんですか？」

「ん。とりあえず、彼女、替えるかな」

久保は真顔で言った。

「え……」

「冗談なんだけど」

久保は笑った。

「……僕、絶対、官僚にならなきゃいけないんです」

均はうつむいた。

「へえ。なりたいんじゃなくて、ならなきゃいけないいんだ。でも、おまえがそれでいいなら、いいんじゃない？」

均は釈然としない顔をしていた。

「あ、そうだ――」

久保は思い出したように言った。

「中村先生が合唱やろうと思ったきっかけは、おまえなんだぞ」

「え……」

「勉強勉強で、つらそうに見えたから」

久保は言い残して校舎に戻っていった。


栞が体育館に行くと、誰かがピアノに向かって、一本指で合唱曲の旋律を弾いていた。均だった。栞はしばらくその様子を見ていた。均は無心にメロディを弾いている。

均はふいに栞の姿に気づくと、弾くのをやめて、体育館から出て行こうとした。

「歌いたいなら歌えば？」

栞は均に声をかけた。

「誰がそんなこと言った？」

均はつっぱねるように言って、出ていった。

その晩、小さなキッチンに並んで、秀雄はみどりと一緒に餃子《ギョウザ》を作っていた。

「あ、中村先生、けっこう上手」

みどり先生には、かなわないけど」

みどりの作った餃子が皿の上にきれいに並んでいる。

「あ、そうだ。どうします？　新婚旅行」

みどりは切り出した。

「行きたいけど、模擬試験が終わってからじゃないと」

秀雄はこのところ頑張っている生徒たちのことが気になっていた。

「そうですよね」

みどりはうなずいた。

「どこ行くか、決めました？」

秀雄はたずねた。旅行のことはみどりに任せていた。

「まだです」

「楽しみだなぁ」

その頃、秋本は敬明会病院の金田を訪れていた。

「今日は、どうされました？」

金田がたずねた。

「ちょっとご相談といいますか――」

秋本は言いにくそうに切り出した。

「その……娘たち夫婦は、しっかりとやっています。とても楽しそうで、秀雄くんはこのままずーっと生きてくれるんじゃないかって、思ってしまうほどです」

金田は聞いている。

「でも、ふたりの愛情が深まれば深まるほど、心配になるんですよ。その……別れがきた時、娘はどうなってしまうんだろうかって。そういうこと、考えてしまうんですよ」

秋本は苦しそうに言った。

「秋本さん、僕が知る限りでは、愛情が深いほど、そして楽しい時間を過ごした人ほど、残された後、ふたたび楽しい人生を送っていらっしゃいますよ」

金田は微笑んだ。

「お嬢さんを信じてあげて、大丈夫なんじゃないですか？」

秋本はそれを聞いて、安心したように微笑んだ。

「昔、昔、あるところに――」

みどりが言った。眠りにつく前、ベッドの中で秀雄に話している。

「中村秀雄という少年がいました。少年は、歌がとっても好きでした――」

秀雄は隣で微笑みながら聞いている。

「秀雄少年の夢は、テノール歌手になることでした。でも少年は、大人になり、高校教師になりました――」

「ダメ教師でしたけど」

秀雄が口をはさんだ。

「秀雄青年は、その高校で運命の人と出会います――」

「それは、秋本みどり先生です」

「初めてのふたりのキスは、最悪でした――」

「すみません。僕が悪いんです……」

「でも、二度目のキスは、最高でした――」

「すみません。よく覚えていません。あまりに舞い上がってしまったので」

「ふたりは、これからも数えきれないほどのキスをするでしょう――」

「するでしょう」

「眠い――」

みどりは大きなあくびをした。

「寝ましょう」

ふたりは体を寄せ合って、寝る態勢に入った。

秀雄はみどりのおでこにキスをした。

「おやすみなさい」

秀雄は幸福だった。ふたりで眠る夜は病気と闘う孤独を忘れさせてくれた。


生徒たちはそれぞれのやり方で合唱も勉強もベストを尽くしていた。

栞は帰りのバスの中でも参考書を読んでいる。

守は塾の教室の一番前の席に座って真剣な表情で講義を聴いている。

雅人は図書館で勉強している。その背中合わせで、萌が勉強している。

愛華はファストフード店で黙々と勉強している。他校の男子生徒が話しかけてくるが、愛華は無視して勉強を続けている。

りなは犬の散歩をしながら片手に英単語カードを持っている。

ただ、均だけは落ち着かなかった。机の隅には母親が運んできた紅茶とモンブランが載っているが、まったく手がつけられていない。

均はベッドにゴロンと転がった。どうも集中できない。天井を見ながら合唱のことや、担任の中村のことを考えていた。

そして、模擬試験の日がやってきた。

「おはようございます。いよいよだね」

教頭が言った。

「はい――」

秀雄は緊張した様子で答えながら、生徒たちの力を信じていた。

G組の生徒たちはその朝も各自、真剣に勉強していた。守がふと顔をあげると、めぐみが廊下から教室をのぞいて、ニッコリ笑っている。

「何、やってんだよ」

守が声をかけると、めぐみはドアを開けて教室に入った。

「なんか、家にいても落ち着かないし」

めぐみは言った。

「いいよなぁ、大学行かないヤツは」

「ちゃんと、A判定、とってよ」

「ったく、簡単に言いやがって」

めぐみは励ますように手を振りながら、廊下に出て行った。

入れ違いに秀雄が教室に入ってきた。

「いよいよ模擬試験ですね。しっかりやって下さい」

秀雄は生徒たちに声をかけた。

チャイムが鳴った。

「では、始めてください――」

生徒たちは問題用紙を表に向け、問題を解き始めた。

秀雄は試験監督をしながら、生徒たちが力を出し切れるよう、ただ祈っていた。


翌週になって、模試の結果が届いた。

古田教頭のデスクの上に、クラスごとに仕分けられた模試の結果が入った封筒が置いてある。秀雄は3年G組の袋を手にして、席に着いた。

「どうなの？　君のクラス」

教頭は結果を知りたくて、せかすように言った。

「僕、すごくうれしかったんですよ」

秀雄は封筒を前に、穏やかな顔をしている。

「生徒たちが、勉強も合唱も頑張ってくれて。……あ、吉田君だけは、合唱をやってないですけど、ほかのみんなは、本当に頑張ってくれました」

秀雄は満足そうに微笑んだ。

「中村先生、結果がどうであろうと、生徒たちが頑張ったっていう事実は、絶対、彼らの財産になるんだからね」

　麗子が励ますように言った。

「はい、僕もそう思っています」

　秀雄はゆっくりと模試の結果が入った封筒を開いた。

　そして、生徒たちひとりひとりの結果を見ていった——。


　模試の結果が届いたという話は3年G組の生徒たちに伝わっていた。秀雄とみどりが帰りのホームルームに行くと、緊張した顔の生徒たちが静かに席に着いていた。

「これから模試の結果を配ります」

　秀雄は模試の結果が打ち出された紙の束を教卓に置いた。

　生徒たちは固唾《かたず》を呑《の》んで秀雄を見ている。

「それで、結果ですが——合唱を続けられることになりました」

　生徒たちは一瞬、きょとんとした顔になった。

「——全員、A判定です！」

　秀雄があらためて言うと、生徒たちは立ち上がって喜びの声をあげた。

　吉田均だけは座ったままだったが、静かに喜びをかみしめている。

「赤坂さん。……秋山君。……阿部《あべ》さん。……井上さん――」

秀雄は笑顔で生徒たちを讃《たた》えながら、一人一人に模試の成績表を渡していった。

ホームルームが終わると、生徒たちはうれしそうに螺旋《らせん》階段を駆け上がって行った。

栞は教室を出ようとして、途中で足を止めた。3年G組の教室で、均がポッンと座っている。めずらしくピリピリしている雰囲気はない。やがて均は帰ろうと、のっそりした動きで立ち上がった。

「どこ行くの?」

栞が声をかけた。

「……塾」

均はボソッと答えた。

「ホンットに素直じゃないよね」

「おまえに言われたくないよ」

栞は均のところに近づいて、いきなり頰に口づけた。

均は驚いたように栞を見ている。

「……何だよ今の」

均は茫然《ぼうぜん》とたずねた。

「したいからしたの。文句ある？」

栞はそっけない顔のまま、スタスタと教室を出て行った。


「全員、A判定⁉」

田岡雅人の母親は応接室で驚いた。

「はい。約束通り、合唱は存続でよろしいですね」

教頭は勝ち誇ったように言った。

「……ええ、約束ですから」

田岡の母親はうなずいた。が、すぐに、心配そうな顔になった。

「でも、この先、中村先生にもしものことがあって、それが受験シーズンだったら、どうなるんでしょうか。子どもたちは、動揺して、受験どころじゃなくなってしまうんじゃないですか……？」

「そう心配されるお気持ちは、ようくわかります」

教頭はうなずいた。

「だからと言って、中村先生に、教師を辞めてほしいとは言えません。……命に、もしものことが起こるかもしれないのは、我々も同じです。中村先生は、たまたま余命がわかっているだけです」

教頭は言った。

「私には、教師を辞めて下さいとは言えません。それは、社会的に死んで下さいと、言ってるようなものですから――」

「それはよくわかります。でも……」

「田岡さん――田岡さんに、見てもらいたいものがあります――」

教頭は田岡を連れて、螺旋階段を上っていった。

体育館では秀雄が軽やかな手つきで合唱の指揮をとっていた。傍らでみどりがピアノを弾いている。

入り口に古田と田岡がやってきた。田岡は生徒たちのいきいきとした様子を見て、納得した表情になった。古田と田岡は練習の邪魔にならぬよう、そっと立ち去った。

入れ違うように、吉田均がちょっと硬い表情で、体育館の扉を開けていた。

均は体育館の入り口に立って、心細そうに、合唱するクラスメイトを見つめている。

秀雄は均の存在に気づいて微笑んだ。均の姿にかつての自分を重ね合わせていた。

秀雄は指揮をとりながら、均に向かって微笑みかけた。

生徒たちは次々に均に気づいて、歌いながら微笑みかけた。

均はみんなの笑顔にホッとしたような顔になった。

秀雄は、列に加わるよう、手で合図を送った。

その瞬間、均の顔に輝くような笑顔が広がった。

均は合唱の列に加わった。こうしてG組の生徒全員が揃ったのだ。


その日から、3年G組の生徒たちは、受験勉強を続けながら、冬に開かれるコンクールの予選通過を目指して練習を重ねていった。

季節はいつの間にか梅雨になっていた。

七夕になると、みどりが、部屋に大きな笹を運び入れた。

ふたりは願いごとを書いた短冊をつけていった。

『おいしいものが、たくさん食べられますように』

『新婚旅行に行けますように』

『生徒たちが、希望の大学に入れますように』

『杉田さんが、歌手になれますように』

『合唱コンクールに出場できますように』

『少しでも長く一緒にいられますように。秀雄・みどり』

夏休みに入ると、生徒たちは塾の講習の合間を縫って、自主的に集まって合唱の練習を重ねた。合唱は驚くほどレベルがあがっていった。

それとともに、秀雄の体は刻々とガン細胞にむしばまれていった。

抗ガン剤で抑えているものの、食は目に見えて細くなっていた。

合唱の練習で長時間の指揮をとり続けるのも体力的につらくなっていたが、秀雄は決して弱音を吐かなかった。

みどりは季節ごとに旬《しゅん》の食材を食卓に並べて、食の細い秀雄を励ました。

ある日、秀雄が冷蔵庫を開けると丸ごとのスイカが入っていた。

秀雄はうれしそうにスイカをながめた。

季節をみどりとともに過ごせるのがうれしかった。

「冷えたかなぁ」

夜になって、秀雄とみどりはスイカを切って食べた。ふと見るとみどりの口もとにひと粒のスイカの種がついていた。秀雄は微笑みながらスイカの種を取った。

やがて、季節は秋になった。

秀雄は敬明会病院に定期的に受けている検査の結果を聞きにやってきた。

「いやぁ、びっくりだなあ」

金田は言った。不思議そうな顔で検査結果を見ている。

「どうしたんですか？」

秀雄はたずねた。

「体の状態、すごくいいよ」

秀雄はホッとした。

「でも、無理しちゃダメだからね」

「はい」

秀雄は答えながら、コンクールの本選まで、合唱の指揮をとれるよう祈っていた。


やがて、季節は冬に入った。

秀雄は地区予選を翌週に控え、細かなパートごとにダメ出しをしていた。

生徒たちの受験勉強も佳境に入るにつけ、次第に集中力が欠けるようになった。が、歌のテクニックだけがあがっても、心がひとつになっていなければ合唱の意味はない。

「予選は来週ですよ。やる気がない人は、出てって下さい」

秀雄はめずらしく声を荒らげた。

「まあまあ、そんなに怒らなくても」

みどりが間でとりなした。

秀雄は焦っていた。

そして、コンクールの地区予選の日がやってきた。

秀雄は生徒たちとともに、地区のホールに立った。客席の最前列に審査員たちがずらりと並んでいる。緊張している生徒たちを前に、秀雄も少し緊張気味だった。

「陽輪学園です。『野ばら』を歌います――」

秀雄は客席に告げて、生徒たちのほうに向かって指揮棒をあげた。


「中村先生！　予選の結果、きてるよ！」

秀雄が授業を終えて職員室に戻ると、古田教頭が郵便封筒を持って走り寄ってきた。

「はい、これ――」

教頭は落ち着かない様子で渡した。

「ありがとうございます」

秀雄は封筒を受け取ったものの、開くのが怖かった。

「結果、見ないの？」

教頭がせかした。

「ちょっと緊張するっていうか」

秀雄は不安そうに言った。

「私が見てあげようか」

教頭が封筒を取ろうとした。

「ダメですよ。ちゃんと中村先生が見なきゃ」

麗子は教頭をたしなめた。

秀雄が封筒を開けると、みどりは心配そうにのぞきこんだ。

「予選を通過することができました。これで合唱コンクールに出場ができます！」

「やったー！」

生徒たちは口々に言って喜んでいる。

「わかってると思いますが、次の模試も必ずA判定をとって下さいね」

秀雄は言った。が、生徒たちはうかれて、まるで聞いていない。

「ちょっと、聞いてます？」

秀雄は笑顔で叱っていた。

十二月のある日、秀雄が体育館に入っていくと、めずらしく生徒たちが早々と揃って待っていた。

「遅くなりました。じゃあ、始めましょうか」

秀雄が言うと、生徒たちは隠し持っていたクラッカーを鳴らし始めた。

「――――!?」

秀雄が戸惑っていると、みどりがピアノを弾き始めた。生徒たちはハッピーバースデーの歌を歌い始めた。

秀雄は感激していた。十二月十八日は秀雄の誕生日だった。

歌が終わると、生徒たちは拍手しながら、秀雄を囲んだ。

「おめでとうございます!」

生徒たちは口々に祝福した。

秀雄は胸がいっぱいになった。

「僕は、今日で、二十九歳になったんですね」

秀雄が言った。生徒たちは今にも泣き出しそうな表情になった。が、秀雄の前では必死に涙をこらえている。

「二十九歳です」

秀雄はしみじみとつぶやいた。

秀雄とみどりは近場の温泉に来ていた。ふたりは旅館の露天風呂《ぶろ》に入っていた。

「うわぁ……嘘みたいにきれいだ」

秀雄が空を見上げて声をあげた。

夜空にはたくさんの星が瞬いている。

「気に入った？」

みどりはたずねた。

秀雄は満足そうにうなずいた。

「この場所見つけるの、大変だったんですよ」

みどりが得意げに言った。

「よくぞ見つけてくれました」

秀雄は労をねぎらった。

「誕生日だし。新婚旅行だし」

みどりは笑った。

「大満足です」

秀雄も笑った。

「ピピ島じゃないけど」

みどりは言って、星を見上げた。ふたりはしばらく星空に見とれた。

「キスでもします？」

秀雄が星を見上げたまま提案した。

「そうですね」

ふたりはあらたまって向き合うと、しばし見つめ合った。が、同時にプッと吹き出してしまった。ふたりは笑い出した。わけもなく愉快で、うれしかった。


秀雄は真夜中に旅館の布団の中で目を覚ました。

物音ひとつしない、静かな夜だった。

秀雄は穏やかな心持ちで、しばらく眠っているみどりの顔を見つめていた。


みどりがふと目を覚ますと、隣にいるはずの秀雄がいないことに気づいた。

みどりが体を起こすと、窓辺に座っている秀雄の後ろ姿が見えた。秀雄は浴衣《ゆかた》一枚で窓の外をながめている。

みどりは羽織を持って秀雄に近寄った。そっと背中に羽織をかけようとして、手を止めた。秀雄の背中が震えていたのだ。

「……中村先生？」

みどりは呼びかけた。

秀雄は振り向いた。顔が涙でぐしゃぐしゃになっていた。秀雄は静かに泣いていた。

みどりは何も言わず、ただ秀雄を抱きしめた。

「死にたくない……」

秀雄はみどりの腕の中でつぶやいた。

「死にたくないよぉ……！」

秀雄は叫んで、声をあげて泣き出した。まるで幼い子どもに戻ったように秀雄は泣きじゃくった。みどりはそんな秀雄をただ抱きしめていた。

――僕は、生きたい。

みどりに抱かれながら、心の奥にしまっておいた本当の気持ちがあふれてきた。

――もっともっと、生きたい。僕は今、世界で一番幸せなのだから。

11

「先生の予想、はずれましたね。もって一年って言われてから、一年以上が経ちました」

秀雄は金田の診察を受けながら微笑んでいた。このごろでは診察の回数も頻繁になり、通院にはみどりが付き添っている。

「そうだね」

金田は目を細めて笑った。

「痛みはある？」

金田は触診しながらたずねた。

「いえ、薬が効いているみたいです」

「ものは食べられる？」

「少しだけですけど。……あの、まだ入院しなくても大丈夫ですよね」

秀雄は金田に問いかけた。

「僕としては、入院をすすめたいんだけどね」

金田の答えに、秀雄は無言になった。体がつらいのは事実だった。教壇に立っているのもやっとで、食べる分量も極端に減っている。少し考えてから秀雄は言った。

「先生、やっぱり僕は入院しないで、このまま普通の生活を続けたいです」

「……奥さんも、同じ考えかな？」

みどりはうなずいた。

「わかりました。そうしましょう」

金田は医師として、秀雄の希望に許可を与えた。


その日、秀雄は部屋に帰ると、みどりと並んでソファに座り、細長いケースを開けた。

「買っちゃいましたね」

秀雄は真新しい指揮棒を取った。

「合唱コンクールまで、まだ一カ月以上もあるんだよなあ……」

秀雄はそれまで自分の体がもつか心配だった。

「大丈夫。絶対、出られるから」

「合唱コンクールの舞台に立てますように――」

ふたりはソファに並んで、一緒に祈った。

――僕たちはなんとか変わりなく過ごしている。……あ、いや、ひとつだけ変わったことがある。彼女が僕を秀雄さんと呼ぶようになったことだ。

「秀雄さん、ちょっと振ってみてください」

みどりに言われ、秀雄は立ち上がって指揮棒を手に構えてみた。

新しい指揮棒は手に添い、秀雄に新たなエネルギーを与えてくれるようだった。

――僕は今も生きている。

余命一年の宣告から、すでに一年が過ぎていた。

合唱コンクールの日が迫るにつれ、毎日のように生徒たちの受験結果が出始めていた。

学園全体としては例年に比べて好調で、合格率アップ間違いなしと古田教頭も大喜びだった。秀雄のクラスでは田岡雅人は医科大学に合格し、りなや萌、愛華、守、栞らも無事、第一志望の大学に合格していた。

「すごいすごい、ほんとにすごい！　中村先生のクラス、全員合格なのよ」

麗子は感激していた。

秀雄は笑みを浮かべている。

「発表まだなのって、あと何人？」

赤井がたずねた。

「一人です。あと、吉田くんだけです」

秀雄は吉田が一番心配だった。

「吉田なら大丈夫だよ」

久保が太鼓判を押した。

「そうかなあ。意外と本番に弱かったりして」

岡田が水を差した。

「大丈夫、絶対に」

麗子は秀雄を励ますように言い切った。

秀雄はそうなることを祈っていた。みどりも同じ気持ちだった。


生徒たちの受験がひと区切りしたのを機に、秀雄は身辺の整理を始めた。いろいろな持ち物を選別して、段ボールに詰めていった。みどりはその隣で、秀雄の卒業文集『道』を愉快そうに読んでいる。

「ヒョロリンって呼ばれてたんですか？」

「はい。……あ、それ、もうしまってもいいですか？」

秀雄はみどりから文集を受け取って、段ボールに仕舞った。そして、段ボールの上にペンで『実家』と書いた。

「これは全部、実家に送る分ですから」

秀雄はみどりに念を押した。

「それから、これ、僕が死んだら、知らせてほしい人を書いておきましたから。ここに入れておきますね」

秀雄はみどりに紙を見せてから、机の引き出しにしまった。

「あと、この引き出しには、銀行や生命保険関係のものがすべてしまってありますから」

秀雄は淡々とこれから起ころうとする事態に備えて、みどりに引き継ぎしていった。

「どうしてヒョロリンって呼ばれてたんですか？」

眠る前、みどりがベッドの中でたずねた。

「あの……子どもの頃、運動が苦手だったたって話したことありましたよね」

秀雄は前置きしてから、みどりに告げた。

「……走り方も、ちょっと変だったみたい」

「変？」

「ヒョロヒョロ走ってたみたいです」

「それでヒョロリン？」

「そう」

ふたりは微笑み合った。

「私が小学校の時は、普通にみどりちゃんって呼ばれてたなあ。中学からはみどりって呼ばれるようになったけど。秀雄さんは？」

返事がなかった。みどりは不安になって隣を見ると、秀雄はいつの間にか眠っていた。みどりは秀雄の寝顔をしばらく見つめていた。

数日後、吉田均の合格発表の日がやってきた。

「吉田くん、遅いですね」

秀雄とみどりが噂をしていると、均が職員室に入ってきた。

「……ダメでした」

均はひどくがっかりしている。

「……そうですか。残念です」

秀雄はやさしく言葉をかけた。

「吉田くんは滑り止めを受けてないんですよね」

「はい」

「じゃあ、来年、合格を目指して下さい」

秀雄はその日を見ることができないのが残念だった。

「……また、無理かもしれません。……本番になったら、すごく緊張しちゃって……。これって、どうしようもないような気がするんですけど」

均はかなり気を落としている。

「そんなこと、ありません。いつもの力を出せば合格できるんですから」

秀雄は励ました。

「吉田くん。合唱コンクールの本番はあさってです。緊張せずに、練習通り歌えるよう、挑戦してみましょう」

均は自信なさそうにうなずいた。


「受験がすんだら、気、ぬけちゃったよな」

守が放課後の教室で言った。

「はあ？　合唱があるでしょ、合唱が」

りなは守の背中を叩《たた》いた。

「中村先生と約束したんだからね。受験も合唱もがんばるって」

めぐみが凛《りん》とした表情で喝を入れた。

「受験してないおまえが言うな」

守につっこまれ、めぐみは笑っている。

「受験、うまくいったんだから、合唱も絶対、うまくいく」

萌が祈るように言った。

「……吉田、遅いね」

栞が噂をすると、均が戻ってきた。

「……ごめん、落ちた、大学」

生徒たちは思わぬ番狂わせに驚いた。

「でも、落ち込んでられない。まだ、合唱があるから」

均は笑顔を見せた。

「そうだよ、歌おうよ」

みんな揃って教室を出て、練習に向かった。クラスの結束は今まで以上に固かった。

そして、合唱コンクールの日がやってきた。

「忘れ物、ないですよね」

みどりは部屋を出る前に秀雄にたずねた。秀雄は慌てて鞄《かばん》の中を確認した。

「……緊張してますね」

「少し」

秀雄は苦笑しながらキッチンの蛍光灯を消そうとすると、寿命が切れかけてチカチカ点滅していた。

「あ、蛍光灯、替えなくちゃ」

みどりが言った。

「新しいの、買ってあります」

秀雄は部屋に戻って、押入れから新しい蛍光灯を出した。

「帰ってきたら、替えるから――」

秀雄はキッチンに蛍光灯を置いて、スイッチを切ると部屋を出た。


コンクールの開かれるホールには理事長や教頭を始め、教師たちが応援に集まっていた。生徒たちは控室で緊張していた。

「皆さん、僕たちの出番です」

秀雄が告げると、生徒たちは元気よく立ち上がった。

「今日の二次予選を通過できるのは、五つの学校です。来週の決勝を目指してしっかり歌いましょう」

秀雄は舞台の袖《そで》で励まして、舞台に入場した。曲目は『この道』。秀雄が指揮をとり、みどりがピアノを担当している。

生徒たちは大きなステージに立って緊張気味だったが、やがて伴奏が始まるといつもの調子を取り戻した。ただひとり、吉田均だけが、ひどく緊張していた。顔がひきつり、途中で一瞬、口の動きが止まってしまったほどだった。

秀雄は指揮をとりながら、均の様子が気がかりだった。

生徒たちはいつもの力を発揮した。

歌い終わると、秀雄が観客のほうに向き直り、一礼した。大きな拍手が続く中、秀雄の手から指揮棒が滑り落ちた。秀雄はステージの上に倒れた。

「――秀雄さん！」

みどりが駆け寄った。生徒たちは秀雄のまわりを取り巻いた。客席の教師たちは思わずその場で立ち上がっていた。

秀雄は救急車で、敬明会病院に運ばれた。

「中村さん、中村さん、聞こえますか？」

病院の処置室で、金田医師が呼びかけた。

秀雄は意識を失っている。

「心電図、血圧計って！　酸素5リットル、ルート全開で落として」

金田はてきぱきと指示を出していく。が、処置室に入ってから、秀雄の状態はさらに悪化した。呼吸が停止し、金田はのどを切開して、気管内挿管を始めた。

「心停止です」

ナースが告げると、金田は心臓マッサージを施した。

額に汗が流れる。金田は必死に秀雄の心臓マッサージを続けた。

みどりは処置室の廊下で、秀雄が意識を取り戻すのを待っていた。

生徒たちはホールの控室に残って、審査の発表を待った。

「中村先生、大丈夫ですよね」

めぐみが古田教頭にたずねた。

「もちろん。中村先生にはドクターがついてるんだから」

古田は答えた。

『予選の結果を発表します。決勝進出の五つの高校は――』

アナウンスの声が流れる。

『……、天地高校、陽輪学園です』

五番目にようやっと呼ばれ、生徒たちは喜びの声をあげた。

「決勝進出ね。中村先生に知らせなきゃ」

麗子は泣きそうな顔になった。


「命は取りとめましたが、胃からの出血はもう止められません」

みどりは秋本と一緒に、金田医師に告げられた。

「ものは食べられないし、ずっと輸血が必要になります」

「……もう、退院することは、ないんですね」

　みどりは覚悟した。

「はい。いつ急変してもおかしくない状態です。ご家族の方は心の準備が必要かと思います」

　金田の言葉を、みどりと秋本は静かに受け止めていた。

　みどりは消灯後も秀雄の傍らに付き添っていた。

　秋本が静かにやってきて、みどりの肩に手を置いた。

「そろそろ帰ろうか。入院準備もしなくちゃならないし」

　みどりはうなずいたが、しばらく秀雄のそばを動こうとしなかった。

　みどりは秋本に連れられて、いったんアパートに戻った。すると、みどりは居間に突っ立ったまま、ぼんやりと部屋を見ている。

「……大丈夫か？」

　秋本は心配そうにたずねた。

「……もう、この部屋には、戻ってこれないんだね」

　みどりはつぶやいた。ふたりで食事をしたテーブルや、ふたりで座ったソファがある。ふたりで過ごすために作り上げた部屋に、秀雄はもう戻れない。

「……体、休めなさいよ。長い一日だったんだから」

「……うん」

みどりはキッチンに行き、蛍光灯をつけた。灯《あか》りが、チカチカと点滅している。

ふたりの歯ブラシが並んで立っている。水きりカゴにはふたりの食器とカップ。

みどりは秀雄が置いた新しい蛍光灯を手にした。

「……替えてくれるって言ったのに……」

みどりはつぶやいた。

「……帰ってきたら、取り替えてくれるって言ったのに……帰ってきたら……」

みどりは蛍光灯を持ったまま、泣き出した。みどりの頭上で、蛍光灯がチカチカしている。秋本はただ娘を見守るしかなかった。

秀雄の容態は予断を許さない状態が続いたが、数日後、秀雄は目を覚ました。

「秀雄さん？」

みどりが呼びかけたが、秀雄はまだボンヤリしている。

「おはようございます。わかりますか？」

秀雄はわかった印に、かすかに微笑んだ。

「合唱コンクール、決勝に残りましたよ」

秀雄は言葉では答えられなかったが、代わりに笑顔を浮かべていた。

久保は秀雄の意識が戻ったことを3年G組の生徒たちに告げた。

「いつ退院できるの？」

　りながたずねた。

「……退院は、無理らしい」

　生徒たちの間に動揺の空気が広がった。

「中村先生がいなくても、おまえたちがやるべきこと、わかってるよな」

　久保は言った。秀雄の思いを受けた生徒たちの力を信じていた。

　金田は秀雄の病室を訪れて、診察を始めた。

「先生。……いつ、退院できますか？」

　秀雄は青白い顔でたずねた。

「日曜日に、合唱コンクールの決勝があるんです。それまでには、退院できますか？」

「残念だけど、無理かな……」

　金田には他の言葉が見つからなかった。

　陽輪学園の職員室では終業時のミーティングが行われていた。

「えー、無事、受験も終わり、卒業式を残すだけとなりました。……あとは、3年G組の合唱と——」

古田教頭が言うと、赤井が急に泣き出した。

「ゴメン……」

「悲しくなんかないの。だって、もって一年って言われたのに、二ヵ月も長く生きられたんだから」

麗子はやんわりと赤井を叱った。

「みどり先生がいたからかな」

久保が言った。

「きっとそうですよ」

岡田が同意した。

職員たちは、秀雄本人やみどりの気持ちを考えると、自分たちが泣いている場合ではないとばかり、努めて気丈に振る舞おうとしていた。

「ここまできたら、なんとか卒業式まで、生きてもらいたいよ……」

古田の言葉に、職員たちは皆それぞれの思いでうなずいた。


秀雄は眠っていることが多くなった。みどりは学校を休んで付き添い、側にいる間は秀雄の手を握っていた。

しばらくして、秀雄が上体を起こせるようになった頃、佳代子が病院にやってきた。

「ホントに東京は、人が多くてびっくりするわ」

佳代子は笑った。

「迷わずに、ここまで来れた？」

秀雄がたずねた。

「ううん、迷った」

佳代子の答えに、秀雄とみどりは笑った。

「こんにちは」

職員たちが揃って見舞いにやって来た。

「いつもお世話になっております」

佳代子が恐縮して一礼した。

久保、麗子、岡田、赤井が勢揃いし、秀雄の病室はにわかに華やいだ。

「これ、花瓶も持ってきたから」

麗子が花束と花瓶をみどりに渡した。

「私、やってくるから。みどりさんは、皆さんと、ね」

佳代子は気を利かせて、花瓶と花を抱えて病室を出た。

秀雄はパジャマ姿の居住まいを正すと、教師たちに頭を下げた。

「みなさん、今まで本当に、僕のわがままをきいてもらって、ありがとうございました。正直、教師をこんなに続けられるとは思っていませんでした――」

教師たちは秀雄の思いに打たれ、静かに聴いている。

「今は退院のめどがたたなくなりました。もしかしたら、仕事に戻るのは、もう無理かもしれません……」

秀雄は続けた。

「本当にありがとうございました――」

教師たちは秀雄にかけるべき言葉を失った。

「……生徒たちは、どうしてます？」

秀雄はふと教師の顔に戻った。

「合唱の練習なら、してるよ」

久保が答えた。

「そうですか」

「決勝、私たち、見に行くから」

「中村先生の分も、ちゃんと見てきますから」

「みどり先生の分もね」

教師たちは口々に言って、秀雄を励ました。

「……久保先生、一つ、お願いしたいことがあるんですけど——」

久保は何だろうと、秀雄の顔を見つめていた。


久保は翌日、3年G組の教室を訪れた。

「わかってると思うけど、中村先生とみどり先生は、決勝に出られないから、おまえたちだけで、参加することになる——」

久保は手に持っていたケースを教卓に置いた。

「昨日、中村先生からこれを預かった。吉田——」

久保は均を呼んで、ケースを渡した。均がケースを開けると指揮棒が入っていた。

「お前が中村先生の代わりに、このタクトを振るんだ」

「——！　そんな、僕には無理ですよ」

均はひるんでいる。

「舞台に立ったら、頭ん中、真っ白になっちゃうんです」

「お前がやるんだ。中村先生が、そう言ってるんだ——」

久保が告げると、均は驚いたように指揮棒を見つめた。

「みんな、自分のためにしっかり歌えよ。それからもう一つ、中村先生のために——」

久保は生徒たちの顔をひとりひとり見つめた。

生徒たちはそれぞれに秀雄の思いを感じていた。

均だけが指揮棒を見つめていた。


敬明会病院の病室では、みどりが秀雄の手を握っていた。秀雄が眠りにつくと、みどりはそっと秀雄から手を離そうとした。すると、秀雄が手を握り返してきた。

「……みどりさん」

秀雄はふいに言った。

「……僕のこと、忘れないで下さいね」

「……あたりまえじゃないですか。どうかしたんですか、急に」

「……でも、僕に縛られないで下さいね」

「……はい、わかってますから。私は、ちゃんと生きていきます」

みどりは答えてから、ふと考え込んだ。

「でも、どうしても秀雄さんに会いたくなった時、私、どうすればいいんだろう……」

「会いに来ますよ」

「え……?」

「もし、どうしても会いたくなったら……そうだなぁ……」

秀雄は考えている。

「僕がプロポーズした場所、覚えてます？」

「もちろんです。あの大きな木のあるところですよね」

「ええ。そこに来てください。必ず僕は会いに行きますから」

みどりが微笑むと、秀雄も微笑んだ。


その夜、みどりは病院の長椅子に座って考えごとをしていた。

そこに、缶コーヒーを二本持った金田がやってきた。

金田はみどりの隣に座った。

「よかったらどうぞ。自販機から、二本も出てきて、得、しちゃった」

「……はい、いただきます」

ふたりは並んで缶コーヒーを飲んだ。

みどりはふいに神妙な顔で問いかけた。

「先生――死ぬことって、終わることじゃないですよね」

金田はみどりの問いを考えている。

「……そうだよ」

やがて、金田は答えた。

合唱コンクールの決勝の日がやってきた。ホールの控室には、弱気になっている生徒たちがいた。

「やっぱりさ、中村いなきゃ、無理だよ」

守が真っ先に弱音を吐いた。

「そんなこと言わないで」

めぐみは何とか前向きに考えようとしている。

「さっきのリハーサルだって、めちゃくちゃだったじゃないか」

守はすねた。均の指揮と皆の呼吸が合わないのだ。

「確かにひどすぎたよね」

りなや愛華がぶつぶつ言い出した。

「やっぱり、僕には無理だよ――」

均はいたたまれなくなって指揮棒を投げ出した。

「おい、投げ出すのかよ」

雅人がとがめたが、均は自信を失っていた。


「今、何時ですか？」

秀雄は朝からしきりにみどりに時間をたずねていた。

「……みどりさん、話したいことがあるので、金田先生を呼んできてもらえませんか？」

「……話って？」

みどりがたずねたその時、ちょうど金田が病室に入ってきた。

「あの、先生、お願いがあるんですけど――」

秀雄はいきなり切り出した。

「外出を許可して下さい」

金田は驚いて、絶句している。みどりはハッと瞳《め》を見開いた。

「今から、外出を許可して下さい。合唱コンクールの決勝に行きたいんです」

秀雄は憔悴《しょうすい》しきった体を起こして、金田に懇願している。

「中村さん、僕は、医者として、外出を許可することは、できません」

金田はきっぱりと拒否した。

「どうしてもダメですか？」

「はい」

「死ぬかもしれないからですか？」

「もちろん、その危険もあります」

秀雄と金田は黙ったまま、対峙《たいじ》していた。やがて、秀雄が沈黙を破った。

「このままベッドでおとなしくしていれば、ちょっとは長く生きられるかもしれません。

でも、それは、僕にとって生きたとは言えません。僕は、最後まで生きたいんです」

みどりはだまってきいている。

「生きたい――」

秀雄は金田に訴えた。

「許可はできない」

金田は静かに告げた。


みどりは病室を出ると、給湯室で花瓶の水を替えている佳代子を呼んだ。

「お母さん、秀雄さんが呼んでます。あとは、私がやっておきますから」

「そお？　じゃあ、よろしくね」

佳代子は病室に戻っていった。


「どうかした？」

佳代子が秀雄にたずねた。

「どうもしないけど」

秀雄はベッドで上体を起こしている。

「……ありがとう」

秀雄はぽつりと言った。

「ありがとう、母さん――」

母は涙を浮かべていた。


金田が診察室でカルテを書いているとナースの琴絵が駆け込んできた。

「中村さんが、いなくなったそうです」

金田は急いで病室に駆け込むと、ベッドの中に秀雄はいなかった。

「申し訳ございません。勝手をお許し下さい」

秀雄の母親は深々と頭を下げて、詫《わ》びている。

金田は放心したように立ちつくした。あの体のどこに力が残っているのだろうか。金田は心の中では秀雄の行動を容認していた。


「時間だ」

ホールの控室にいる秀雄のクラスの生徒たちは、戸惑いながら立ち上がった。

「行くよ――」

栞はなかなか立とうとしない均に指揮棒を渡した。

「指揮者がいないと、私たち、歌えない」

均は仕方なく立ち上がった。

生徒たちはステージに入場した。それぞれに緊張や戸惑いなどでぎこちない。守は立ち位置を間違えた。最後に均が来て、皆の前に立った。

「陽輪学園の皆さんで、曲は『野ばら』です」

司会者が告げた。均は緊張のあまり、固まったまま動けない。客席で見守る教師たちは均の異変に気づいた。客席も何ごとかとざわつき始めた。

めぐみが客席を見て、声をあげた。客席に秀雄とみどりがやってきたのだ。秀雄はみどりに抱えられるように、歩いている。

教師たちもふたりの姿に気づいて、驚いていた。

均は客席の秀雄を見た。

秀雄はまっすぐに均を見返し、励ますようにうなずいた。

均は勇気を得たように皆のほうに向き直り、ゆったりと指揮棒を構えた。

秀雄は微笑みながら、生徒たちの歌声を聴いていた。

指揮する均。ピアノを弾く女子生徒。歌う生徒たち。

秀雄はみどりの隣で生徒たちを見守った。

敬明会病院の診察室では、金田がカルテを書きながら、秀雄のことを思っていた。

「ねえ、畑中さん、君、明日、死ぬとしても後悔しない？」

金田はナースの琴絵にたずねた。

「私ですか？……まあ、後悔はないです。イタリアには行ったし、彼氏もいるし、ナースにもなれたし、しかも尊敬するドクターと一緒に仕事できたし」

琴絵は冗談めかして答えた。

「そりゃそうだ」

金田は笑った。

「次の患者さん、呼んでくれる？」

3年G組の生徒たちは、秀雄が見守る中、健闘していた。歌はラストになり、均の指揮棒が鮮やかに止まった。均は腕を下ろした。一瞬の静寂の後、われんばかりの拍手が起きた。生徒たちは、満足気な表情で、アイコンタクトを送り合った。

均は客席を見て一礼した。教師たちは感動して拍手している。秀雄とみどりもうれしそうに拍手を続けた。

陽輪学園は三位入賞を果たした。生徒たちは控室に戻り、それぞれに満足の表情を浮かべていた。

「先生、どうしたんだろう」

めぐみがふと言い出した。

「中村先生なら、まだ客席にいるよ」

久保が控室にやってきて言った。

「余韻にひたってるんじゃないのかな」

麗子が告げた。

生徒たちは、部屋を出て行こうとした。

「なあ、ちょっと待って――」

均が皆を呼び止めた。何か考えがあるようだった。


客が帰り、客席には秀雄とみどりだけが残っていた。秀雄は何かをじっと考えている。

「何、考えてるんですか？」

みどりはたずねた。

「ふと、感じたんです――」

秀雄は語り始めた。

「僕は、余命一年と知った時、それまでの二十八年間の人生を後悔しました。だから、残りの人生は、悔いのないように生きようと思いました。そして、生きました。でも、今では、後悔したはずの二十八年間が、とても愛おしく感じます。ダメな人生だったんですけど、とても愛おしいです」

秀雄は穏やかに微笑んで、遠くを見た。

「あ、合唱コンクールの次は、卒業式とお別れ会ですね」

みどりは明るく話題を変えた。

「そうだ。お別れ会の料理、どうします？　たいていサンドイッチとポテトですけど、何か他に考えましょうよ」

「そうですね。考えておきます」

「じゃあ、そろそろ病院に戻りましょうか――」

その時、舞台に生徒たちが現れた。生徒たちは客席を向いて整列した。

生徒たちは歌い始める。

曲は――『仰げば尊し』だった。

生徒たちは、卒業式に来られないかも知れない秀雄のために、心をこめて歌った。

秀雄は突然の贈り物がうれしかった。みどりは隣で、秀雄の手をそっと握った。

教師たちは舞台の袖《そで》で様子を見ていた。麗子は静かに涙を流していた。

秀雄は穏やかな表情で生徒たちの歌声を聴いていた。やがて、一番が終わろうとすると、生徒たちを見つめている秀雄の視界はぼやけていった。秀雄のまぶたは重たくなり、次第に意識が薄らいでいった。秀雄は薄れゆく意識の中で、思い出していた。

全員がA判定をとり、合唱を続けられるようになったこと。体育館での練習の日々。初めてみどりのピアノに合わせて歌ったこと、みどりからキスをされた時のこと、そして、砂肝をおいしそうに食べているみどりの横顔。浮かんでくるのはみどりの笑顔だった。

――僕は生きた。君がいてくれた、かけがえのない人生を。

世界に一つだけの、僕の人生を――

「……砂肝」

秀雄はつぶやいた。

みどりは思わずクスッと笑った。

「砂肝？　お別れ会で焼き鳥か……。いいじゃないですか。昔、ふたりでよく行った焼き鳥屋さんに頼んでみるっていうのはどうですか？　あ、そうだ。それより洋食屋さんはどうです？　ほら『カンテラ』。いろんな種類の料理をカラフルに並べるんです。考えただけで楽しくありません？」

みどりがはしゃいだが、秀雄は答えない。

「そうしましょうよ」

みどりは秀雄を見た。

「…………！」

秀雄は安らかな顔で目を閉じていた。たった今、永遠の眠りについたのだ。

みどりは黙って、まだ温かい秀雄の手をギュッと握り直した。

生徒たちは歌い続けている。

みどりは秀雄の手を握ったまま、寄り添うように歌声を聴いていた。


五年後——。

陽輪学園の廊下を新任の男が緊張しながら歩いていた。

「おっ、来たね、新人！」

麗子がうれしそうにからかった。職員室にはみどり、久保、岡田、赤井がいる。そして一番奥の席には、白髪頭の古田教頭がいた。

「えー、新任の生物の先生を紹介します。吉田均先生です」

古田が紹介すると、吉田はひどく緊張しながら一礼した。

「吉田先生、まずは給湯室ね。お茶のいれ方、教えるから」

岡田は早くも先輩風をふかし始めた。

「それにしても、あの吉田均が教師とはね」

久保が愉快そうにつぶやいた。

みどりは均を見ながら、皆と一緒に笑っていた。

吉田は糊《のり》のきいた真新しい白衣を着て、初めての授業に向かっていた。

「吉田です。これが初めての授業なので、ちょっと緊張していますが、授業を始めたいと思います——」

生徒たちは吉田を無視して、英語や数学の問題集を開いている。吉田は懐かしそうにその光景をながめた。

「机の上の物をしまって下さい」

吉田が声を荒らげても、生徒たちはお構いなしだ。

吉田が大声を出すと、生徒たちは渋々机にしまった。

「しまいなさい！」

「昔、この学校に中村秀雄という先生がいました——」

吉田は話し始めた。

「今日は、中村先生が話してくれた読まなかった本の話をしたいと思います。それは——」

みどりは廊下に立ち、吉田の授業の様子を見ていた。

やがて、みどりは微笑みながら歩き出した。

秀雄の思いは吉田を通して、また別の生徒たちに受け継がれて行くことだろう。

廊下を歩いて行くと、秋本とすれ違った。

「晩ごはん、何にする？」

秋本がたずねた。

「まかせる」

「まかせるって言われてもなぁ」

「フフ。よろしく。私、ちょっと寄ってくところがあるから――」

みどりは秀雄との思い出の場所に向かっていた。

秀雄からのプロポーズを受けた、あの大きな木の下に。

「秀雄さん、今日から吉田くんが、陽輪学園の教師になりました――」

みどりは木にもたれて話し始めた。

「吉田くん、生徒たちに、秀雄さんの話をしてましたよ」

みどりは懐かしそうに笑った。

「それから、G組の同窓会をやろうっていう話も出てます。みんな、元気だといいな」

みどりは明るく話している。

「秀雄さん――？」

みどりはくもりのない笑顔で呼びかけた。

「私は、とても元気です――」

返事はない。が、みどりにはわかっていた。

その人は、大木の向こう側に、立っている。

穏やかな表情で、みどりの話を聞いていてくれていることだろう。

みどりはあたたかい気持ちになって、いつしか微笑んでいた。

END

中村先生に教わったこと

草彅　剛

今回僕の演じた中村秀雄という男は、余命一年と宣告されます。

それ自体はとてもつらいことなんですが、悔いのない人生にしよう、毎日毎日を大切に生きていこうと、思い直して生きていきます。

中村先生という役と出会って、ほんとに一日一日きちんと生きていかなきゃいけないと、「今を大切に生きること」をいちばん教わったのは、実は僕だなって思うんです。

たくさんの方々がメールやお手紙で、「ありがとうございました」って言ってくれたのですが、いちばん感謝しないといけないのは本当は僕自身なんですね。

中村先生を通して、生きる意味だったりとか、今この瞬間を生きることだったりとかを、僕がいちばん考えさせられたというか、ここ三カ月、ひとりの人間としてとても勉強になった時間でした。

確実に死に近付いていく中村先生を、みどり先生をはじめ、まわりの人たちが役の上で理解していきます。また、監督もじっくり台本を読んでいて、秀雄のことをよくわかっています。でも、誰よりも僕が、秀雄の身にならないといけないと思い、演じるたびにどんどんはまっていく作品でした。

どのセリフも、みんな印象深く、心に染みるものばかりだったのですが、第2話のずっと読んでいなかった本のことを取り上げて、「本の持ち主が、今度読もうと思いつつ、すでに一年が経ちました」というくだりで、「あと一年しかないと思って何もしない人は、五年あっても十年あっても、何もしないと思います」というところは、本当にそうだなあと、とても印象に残っています。

余命を宣告されてから、中村先生は何かこの世の中に生きていた痕跡《こんせき》を残したくて、ビデオ日記をつけていきます。でも、途中で止めてしまうんですね。それどころか、みどり先生との結婚式の写真さえも撮ろうとしません。

僕もあまり写真とか撮らない人で、結婚式の写真を撮らなかったところで中村先生が、「今、この瞬間の出来事が、いつか過去になってしまうと思いたくなかった」と言う気持ち、すごくよくわかるんですね。僕の中での核心をついてる。何かを残したいという欲望は、人が本来持っているものだったりします。僕はまだ余命五十年だと思っているから、写真に残すことがピンとこなくて、記憶に残るほうが素敵なような気がするのかもしれません。でも、この作品のところどころにちりばめられている、ハッとするようなセリフや、中村先生の生徒たちとのやりとりや、放課後みんなで合唱の練習をしたことは、きっとそれぞれの記憶に残っていくだろうと思います。形に残らなくても。

中村先生が余命一年と宣告されたことで、余分なものがそぎ落とされていって、人間が持っているすごくいい面も悪い面もシンプルにあからさまに出てきます。もちろん悪い面もがーっと出てくるときもあるのだけれど、いい面が出るときは、人間の素敵な部分がほんとにシンプルに出ていて、胸を打たれました。

今回、僕はいろんな方々に助けられました。脚本と演出とカメラワークと衣装とメイクと共演者の方々のおかげで、どうにか中村先生になれていたんです。皆さんに支えられているからこそ、それ以上にがんばらなきゃいけないなと思った三カ月でした。

中村先生の前向きに生きる姿を通して、今、実際病気で悩んでいる方とか、病気じゃなくても日常生活の中で何か悩みを抱えている方々に、少しでも力になれる何かが伝わればうれしいなと思います。

二〇〇三年春

あとがき

橋部敦子

私は、夫と親子ほど歳が離れています。結婚を決めるまでには、やはり悩みました。普通に考えたら、歳の近い人と結婚するより、夫婦として一緒にいられる時間が、短くなる可能性が高いからです。子供が生まれた時のことも考えました。やはり子供も、父親と一緒にいられる時間が短くなることでしょう。一方で、もしかしたらものすごく長生きしてくれるかもしれないという思いもありました。でも、そんなことはわかりません。余命が何年かなんてことは、知りたくても知ることが、できないからです。

そんなことを考えているうちに、ふと、思いました。

それじゃあ私は、彼が長生きするなら結婚して、長生きできないなら結婚したくないと思ってるってこと？　と。

それもなんだかなあと思いながら、私は、もう一つの当たり前のことに気づきました。彼が先に死ぬとは限らない。私が先に死ぬかもしれない。人は、いつ死ぬのかわからないのだから。

結局私は、結婚しましたが、多分この時が一番、「今」と「将来」と「命の長さ」について考えたのではないかと思います。

そして、子供が生まれました。出産は、まさに「生」です。でも、「生」を感じれば感じるほど、「死」を感じずにはいられないことを、初めて知りました。別に生死について考えたりしたわけじゃありませんが、生死に関することに対し、やけに感受性が強くなったような気がするなあ……そんなことを、ふと思ったりしました。

そんな矢先、今回の「生きる」をテーマにした「余命一年の高校教師」の企画の話をいただきました。最初は、こういう話を書くことに、とても抵抗を感じました。余命を知った男が残りの人生をせいいっぱい生きることを、どう描いたらいいのか、どう描くべきなのか……。

不安を抱えてのスタートとなりましたが、プロデューサーとの台本打ち合わせで、私は少しずつ、このドラマで描いていくべきこと、描きたいことを見つけていくことができました。更に、できあがった第1話を見て、キャストの方々の真摯《しんし》な演技、そして、スタッフが作りあげてくれた画面から滲《にじ》み出る世界観のすばらしさに、私の不安は消え去りました。

最終回を書き終えた今、この作品に参加できたことを心から嬉しく思う一方で、やはり考えてしまうことがあります。いつか自分も、中村秀雄や秋本みどりのような立場にたたなくてはいけない日がくるのではないかと……。ドラマを見てくださった方々の中にも、そのようなことを考えた方が、いらっしゃることと思います。その時に自分が何を思い、どうするのかは、わかりません。でも、これだけは信じたいです。

死ぬことは、終わることじゃない。

これだけは、信じ続けたいです。

二〇〇三年三月

解説　みどり先生と出会って、頑張ろうと思いました

矢田亜希子

「僕の生きる道」は、私にとって忘れることのできない作品でした。やり終えて約一年、もうかなりの時間が流れているのに、不思議ですね。

ドラマが始まった当初は、こんなにまで私の中で大きなものになるとは思っていませんでした。私のみどりという役も、こんな人生を送るとは思っていなかったんです。最初みどりは、中村先生のことにまったく興味がなく、いずれは付き合うようになって、二人は恋愛に発展……ということは聞いていました。でもここまで、みどりの人生のすべてを変えられてしまうとは。

みどりの気持ちが動き始めてきたと私が感じたのは、忘れもしない4話のラストです。学校で中村先生が生徒を思うあまり「僕は、間違ってなんかいません」と言って孤立してしまうのですが、その夜、いつもの居酒屋でひとりカウンターに座っているところをみどりが訪れて「中村先生の思いは間違ってないと思います」と言って、砂肝を頼むんですね。あのときの中村先生の「初めて僕の味方ができた」という心の声は、忘れられません。あ

と最後にニマッと笑った中村先生の笑顔も。ここから始まった二人ですから。

二人で歩き始めてからはすべてが忘れられないほどですが、8話でお父さんとぶつかるシーンは胸が痛かったです。結婚を反対され、みどりが家を出ていこうとするときに言った「死ぬとわかってる男は彼だけじゃない。世の中の男、全員よ」というセリフ。お父さんが反対する気持ちもわかるけど、みどりの強い意志があったから、あそこまでできたことかなと思います。

橋部さんの脚本は、日常の生活をそのまま綴《つづ》っていて、本当にリアルに感じるんです。ツラかったですけどね、演じているときは、とっても。

無駄な言葉が一切なく、ストレートに心に響いてくる。それがまたツラいんですよ。

秀雄「……」
みどり「……」
秀雄「……」
みどり「……」

この間合いが、逆に二人の気持ちが表されていて、グッときてしまって……。

最終話は、本当にツラかったです。最終話の台本は、ほとんど私、読めませんでした。1回読んだら、ああもうダメ！　と思って。だって最期のお別れのシーン、「砂肝」ですよ。あれは参りました。

撮影のときも、秀雄さんの隣で「あれしてこれして……」と言ってるときは限界ギリギりだったんです。脚本に涙の「な」の字も出ていないので、必死にこらえていましたけど、撮影の合間は耐えられなくてずっと泣いていました。あの撮影、8時間くらいかかってたんですね。その間、ずっと二人だけで動くでもなく、ホールのまん中にポツンと座っていて。草彅さんも役に入られていて、静かにされていらしたし、私はこの場で終わってしまうんだと思うと涙が止まらなかった。あんなに泣き続けたのは、生まれて初めてでした。でも、あのお別れの仕方は本当に二人らしいと思いました。息を引き取っても、みどりがウワ〜ッと号泣するでもない。涙を見せず、静かに二人だけでわかりあえて終わっていく。素敵なシーンだと思います。

今でもたまにこのノベライズを開いて、たまたま開いたページのセリフをパッと見ては、そのとき感じたことを思い出すことがあります。「蛍光灯」という言葉を見るだけで、泣きそうになりますし。あのとき、みどりは私の中で確実に生きていました。大きな出会いだったと思います。この作品との出会い、みどり先生との出会い、中村先生との出会い……。この出会いがあったから、私も初めて「こういう生き方をしたい」と考えるようになりました。ふとしたときに「今の自分の過ごし方はどうかな？」と思いますし、中村先生もみどり先生もこれだけ頑張っていたのだから、私も負けられないという気持ちには、いつもさせられています。仕事に対しても、欲が出てきましたね。「僕の生きる道」は私にとってとても大事なものだけど、私自身、これを越えられるように頑張っていきたいなあと。

たぶん、みどりは、今も明るく先生をやっていることでしょう。私がみどりを演じるとき、ひとつ最初から決めていたことがあります。それは、どんなことがあっても明るい気持ちでいよう、希望を忘れないでやり通そうということ。みなさんにも、そういう気持ちを忘れないで読んでいただけたらと思いますね。そして希望を忘れず、私も生きていきたいと思っています。

世界に一つだけの花　作詞・作曲・編曲／槇原敬之

花屋の店先に並んだ
いろんな花を見ていた
ひとそれぞれ好みはあるけど
どれもみんなきれいだね
この中で誰が一番だなんて
争うこともしないで
バケツの中誇らしげに
しゃんと胸を張っている

それなのに僕ら人間は
どうしてこうも比べたがる？
一人一人違うのにその中で
一番になりたがる？

そうさ　僕らは
世界に一つだけの花
一人一人違う種を持つ
その花を咲かせることだけに
一生懸命になればいい

困ったように笑いながら
ずっと迷ってる人がいる
頑張って咲いた花はどれも
きれいだから仕方ないね
やっと店から出てきた
その人が抱えていた
色とりどりの花束と
うれしそうな横顔

名前も知らなかったけれど
あの日僕に笑顔をくれた
誰も気づかないような場所で
咲いてた花のように

そうさ　僕らも
世界に一つだけの花
一人一人違う種を持つ
その花を咲かせることだけに
一生懸命になればいい

小さい花や大きな花
一つとして同じものはないから
NO.1にならなくてもいい
もともと特別な Only one

ドラマ「僕の生きる道」

CAST

中村秀雄＊草彅　剛

秋本みどり＊矢田亜希子

久保　勝＊谷原章介
古田進助＊浅野和之
赤井貞夫＊菊池均也
岡田　力＊鳥羽　潤

太田麗子＊森下愛子

金田勉三＊小日向文世

秋本隆行＊大杉　漣

杉田めぐみ＊綾瀬はるか
鈴木りな＊浅見れいな
赤坂　栞＊上野なつひ
近藤　萌＊鈴木葉月
黒木愛華＊岩崎杏里

吉田　均＊内　博貴
田岡雅人＊市原隼人
田中　守＊藤間宇宙
畑中琴絵＊眞野裕子

STAFF
脚本＊橋部敦子
音楽＊本間勇輔
主題歌＊SMAP「世界に一つだけの花」（ビクターエンタテインメント）
プロデューサー＊重松圭一／岩田祐二
アソシエイトプロデューサー＊石原　隆
演出＊星　護／佐藤祐市／三宅喜重
制作＊関西テレビ／共同テレビ

＊ドラマ「僕の生きる道」は、2003年1月7日～3月18日まで全11回、関西テレビ・フジテレビ系にて放送されました。ノベライズ化にあたり、若干の違いがございますことをご了承ください。

BOOK STAFF
ノベライズ＊小泉すみれ
装丁＊角川書店装丁室

本書は2003年3月に刊行されました、自社単行本を文庫化したものです。

僕《ぼく》の生《い》きる道《みち》

橋部《はしべ》敦子《あつこ》

角川文庫 13188

JASRAC 出 0314943-301

平成十五年十二月二十五日　初版発行

発行者——田口惠司

発行所——株式会社角川書店
東京都千代田区富士見二—十三—三
電話　編集(〇三)三二三八—八五五五
　　　営業(〇三)三二三八—八五二一
〒一〇二—八一七七
振替〇〇一三〇—九—一九五二〇八

印刷所——旭印刷　製本所——コオトブックライン

装幀者——杉浦康平

落丁・乱丁本はご面倒でも小社受注センター読者係にお送りください。送料は小社負担でお取り替えいたします。

定価はカバーに明記してあります。

は 30-1　　ISBN4-04-371502-1　C0193

角川文庫発刊に際して

角　川　源　義

第二次世界大戦の敗北は、軍事力の敗北であった以上に、私たちの若い文化力の敗退であった。私たちの文化が戦争に対して如何に無力であり、単なるあだ花に過ぎなかったかを、私たちは身を以て体験し痛感した。西洋近代文化の摂取にとって、明治以後八十年の歳月は決して短かすぎたとは言えない。にもかかわらず、近代文化の伝統を確立し、自由な批判と柔軟な良識に富む文化層として自らを形成することに私たちは失敗して来た。そしてこれは、各層への文化の普及滲透を任務とする出版人の責任でもあった。

一九四五年以来、私たちは再び振出しに戻り、第一歩から踏み出すことを余儀なくされた。これは大きな不幸ではあるが、反面、これまでの混沌・未熟・歪曲の中にあった我が国の文化に秩序と確たる基礎を齎らすためには絶好の機会でもある。角川書店は、このような祖国の文化的危機にあたり、微力をも顧みず再建の礎石たるべき抱負と決意とをもって出発したが、ここに創立以来の念願を果すべく角川文庫を発刊する。これまで刊行されたあらゆる全集叢書文庫類の長所と短所とを検討し、古今東西の不朽の典籍を、良心的編集のもとに、廉価に、そして書架にふさわしい美本として、多くのひとびとに提供しようとする。しかし私たちは徒らに百科全書的な知識のジレッタントを作ることを目的とせず、あくまで祖国の文化に秩序と再建への道を示し、この文庫を角川書店の栄ある事業として、今後永久に継続発展せしめ、学芸と教養との殿堂として大成せんことを期したい。多くの読書子の愛情ある忠言と支持とによって、この希望と抱負とを完遂せしめられんことを願う。

一九四九年五月三日